筑摩選書

廣野由美子
Hirono Yumiko
桒山智成
Kuwayama Tomonari

変容するシェイクスピア

ラム姉弟から黒澤明まで

変容するシェイクスピア　目次

第3章　映画の中のシェイクスピア――『ヘンリー五世』『蜘蛛巣城』　桒山智成　145

変容するシェイクスピア

ラム姉弟から黒澤明まで

はじめに

　シェイクスピアほど後世に大きな影響を与えた作家はいない。あらゆる文化的な事象や表現の中に、シェイクスピアの跡形が遍在している。たとえば、日常の中で、何かの記事やエッセイなどを読んでいるときにも、そこにシェイクスピアがひょっこり顔を出す文章に、しばしば出会う。さりげなく触れられたシェイクスピアの作品や登場人物の名を目にしただけでも、私たちはにわかに「人生」の一側面の深みを垣間見るような感覚を味わう。シェイクスピアは、時空を超えて、私たちの想像力をその人間ドラマの世界へと一気に引きずり込み、人が生きるとはどういうことかを、具体的な実例の形で教えてくれるからだ。

　このような強烈な磁力を持ったシェイクスピアは、表現することを使命とする者たち、とりわけ芸術家たちに、常に大きな刺激を与え続けてきた。ある者はシェイクスピアを引用し、ある者はシェイクスピアを模倣し、ある者はシェイクスピアを変形する。本書では、そうしたシェイクスピアの広がりゆく現象、ことに変容しつつ増殖していくさまに着目することによって、新たな創造を生み出す源泉としてのシェイクスピアを照らし出したい。

まず序章では、私たちが親しんでいる文学作品の随所に、シェイクスピアの言葉やストーリーが織り込まれているさまを、小説の世界の中で見渡すことから始めたい。イギリスを中心に、さまざまな時代やジャンルの小説に現れたシェイクスピアの跡形を、具体例を挙げながら拾い上げ、概観することを出発点とした序章は、いわば本書の〈前口上〉に当たる。

以下、本論は三幕構成より成る。第1章では、一六世紀末〜一七世紀はじめのシェイクスピアの時代へとタイムスリップし、脚本家や舞台上の役者、観客席の大衆たちの息づく世界へとご案内する。ここでは、シェイクスピアが生前に書いた原作が、舞台で上演されるための台本であったという基本に、まずは立ち返ってみる。シェイクスピアは、いかに当時の劇場空間を意識して台詞を書いたのか。また、当時におけるライブ上演の効果を生み出すために、台本にはどのような仕掛けがなされていたのか。『ロミオとジュリエット』を例として取り上げて、これらについて解説し、あわせてシェイクスピア作品に込められた重層性についても考察したい。

次に、のちの時代、シェイクスピアの作品が劇場空間を飛び越えて、他のジャンルへと引き継がれ、変容していったさまを見ていく。第2章では、一九世紀はじめ、ラム姉弟《きょうだい》によって、シェイクスピア劇の小説翻案が生み出され、子供の読み物の世界へと導入されたことを取り上げて、原作テクストと散文テクストを比較しながらその相違を明らかにする。ここでは、ラム姉弟の伝記的紹介にも紙数を割き、作家の人生と作品との関連についても焦点を当てて論じたい。

第3章では、二〇世紀半ば頃から展開した、シェイクスピア劇の映画化への動向を紹介する。具体的には、シェイクスピアの原作の台詞を使った映画翻案の初の成功例としてローレンス・オリヴィエ監督・主演の『ヘンリー五世』を、原作の台詞（翻訳を含める）を一切使わない映画翻案の初の成功例として、黒澤明監督の『蜘蛛巣城《くものすじょう》』（『マクベス』の翻案）を取り上げて、それぞれの映画作品における成功の要因を、カメラワークや物語展開の方法、新たな意匠《いしょう》などの中に探る。

なお、本書では、シェイクスピアの〈上演・上映〉の世界での広がりについては、イギリス演劇専門の桒山が担当し（第1章、第3章）、〈散文〉の世界での広がりについては、イギリス小説専門の廣野が担当した（序章、第2章）。両者のコラボレーションによって、複眼的視点から、シェイクスピアの豊かな世界に新たな光を当てたい。

序章

小説の中のシェイクスピア――『高慢と偏見』『大いなる遺産』『赤毛のアン』ほか

廣野由美子

1　小説に現れたシェイクスピア

近代小説の誕生

イギリスの近代小説は、ダニエル・デフォーの『ロビンソン・クルーソー』（一七一九）から始まったとされている。これは、無人島で二八年間孤独に暮らしたロビンソン・クルーソーの物語である。ストーリー自体は、いかにもシェイクスピアの『テンペスト』を彷彿《ほうふつ》とさせる。しかし、デフォーの作品には、聖書からの引用はあっても、シェイクスピアからの引用はほとんど見当たらない。

ジャーナリストだったデフォーの念頭にあった人物像は、『テンペスト』の主人公プロスペローよりもむしろ、当時、私掠船《しりゃくせん》の乗組員として航海中、無人島にただ一人置き去りにされ、五年後に救助されて世間を騒がせていた実在の人物セルカークだったようだ。デフォーは、このネタを下敷きに物語を創作し、「実話」として発表したのである。人間と、人間の生活を、あたかも事実であるかのようにリアルに、具体的に、即物的に、散文で描くことに徹したデフォー。彼はまさに、シェイクスピアの詩的世界の魔術との決別によって、新しい小説世界を開拓したとも言えるだろう。

では、シェイクスピアは、いったいいつ頃から小説の世界に姿を現し始めたのだろうか？

ゴシック小説『オトラント城』

リアリスティックな散文小説に、ふたたび詩的な空想や不可思議な幻想が入り込んできたのは、「恐怖」をテーマとした小説が流行し始めた頃からのようだ。イギリスで恐怖小説《ホラー・ストーリー》の源流とされるのは、ホレス・ウォルポールの『オトラント城』（一七六四）である。副題が「ゴシック物語」と名付けられていたことから、この作品の発表をきっかけに、一八世紀中頃から一九世紀はじめにかけて流行した小説群——中世風の城を舞台とし、超自然的な怪奇現象が次々と起こり、読者の恐怖を掻き立てる作品——を、「ゴシック小説」と呼ぶようになった。

ウォルポールは第二版に付した序文で、シェイクスピアのことを「自然に精通した達人」「イギリスが生んだ最も輝かしい天才」と称賛し、自作品の手本にしたと述べている。たとえば、空想を駆使して荘厳な世界を展開するという旧来のロマンスの方法と、登場人物の人間らしい性質を生き生きと描き込む新しい手法を混ぜ合わせるやり方——言い換えると、悲劇的要素と喜劇的要素、高潔な人物と低劣な人物とを混交するやり方――を、ウォルポールはシェイクスピアから学んだ。そのほか、登場人物の名前から、場面や筋に至るまで、テクストの随所にシェイクスピア作品が浸透している。

オトラント城主のマンフレッドは、息子コンラッドとイザベラ姫との婚礼の直前に、突然巨大な兜《かぶと》が落下してきて息子がその下敷きになって死ぬと、急遽イザベラに向かって、代わりに自分と結婚するようにと迫る。驚いたイザベラが逃げ出そうとすると、それを追うマンフレッドを引き止めるように、部屋に掛けられた彼の祖父の肖像画がため息を漏らし、絵から抜け出して、マンフレッドについて来るようにと合図する。この亡霊の登場は、『ハムレット』の冒頭部で、父王の幽霊が出現し、自分の殺害に関する説明を聞かせようとする箇所と、同種の役割を果たしていると言えるだろう。

そもそもハムレットを最も傷つけたのは、母ガートルードが、夫亡きあと、夫の弟クローディアスと結婚したことだった。したがって、『ハムレット』には、「近親相姦」のテーマが濃厚に含まれていると言える。一方、マンフレッドは、血統を途絶えさせないために、子を産めなくなった妻を離縁して、息子の花嫁と結婚しようとし、一種の近親相姦的な罪を犯そうとしている。このようなテーマの共通性という点でも、ウォルポールの作品はシェイクスピア作品とつながりがあることがわかる。

ちなみに、『尺には尺を』でも、同名の女主人公イザベラが〔一度目はアンジェロ、二度目はヴィンセンショー公爵から〕急遽求愛されるという展開が見られるが、この一致も単なる偶然ではなく、ウォルポールによる意識的なシェイクスピア作品の模倣の表れかもしれない。

『オトラント城』に続いて、さまざまなゴシック小説が流行したが、中でも代表的な作品として、アン・ラドクリフの『ユドルフォ城の怪奇』〔一七九四〕があることを、付け加えておこう。この小説の各章の冒頭には、題辞が付けられていて、さまざまな詩人や劇作家からの引用があるが、その中で最も多いのがシェイクスピアである〔合計五七の題辞中、シェイクスピアからの引用は二二。三馬志伸《みんましのぶ》氏による訳者解題参照〕。

これは、ラドクリフがシェイクスピアの作品に親しんでいたことを反映しているだけではない。題辞は、作品、あるいは各章の内容と呼応し合うことにより文学的効果を生み出すことをねらって付けられるものだ。したがって、『ユドルフォ城の怪奇』はシェイクスピア作品との「間テクスト性」〔intertextuality. 先行する文学テクストの関連性のこと〕が色濃い小説であることがうかがわれる。このようにシェイクスピアは、ゴシック小説というジャンルに流れ込み、後々までも「ホラー」の文化に大きく寄与することになったと言えるだろう。

喜劇的恋愛小説『高慢と偏見』

シェイクスピアの悲劇が、小説における「恐怖」の要素と親近性があるとするならば、シェイクスピアの喜劇は、人間の愚かさや滑稽さを描く小説と、いっそう密接につながっていると言えるだろう。喜劇的要素の色濃い小説を創作した作家の中でも、しばしばシェイクスピアになぞらえられる代表的作家は、一九世紀初頭に小説を発表したジェイン・オースティンである（両者の比較は、リチャード・ウェイトリ（『クォータリー・レビュー』一八二一）、T・B・マコーリ（『エディンバラ・レビュー』一八四三）といった批評家たちに遡る（廣野一九九六））。

オースティンは、「田舎の村の三、四軒の家庭があれば格好の題材となる」と言ったことで有名で、恋愛・結婚をテーマとして上流社会の風俗を描いた彼女の小説世界は非常に狭い。そのような女性散文作家が、スケールの極めて大きな題材を駆使した劇作家シェイクスピアと比較されるのは、一見意外でもある。しかし、たとえば一九世紀の批評家G・H・ルイスは、「生き生きとした人物を作り出す劇的な創造力」において（Lewes, p. 130）、二〇世紀の作家ヴァージニア・ウルフは、個人的な感情という「あらゆる障害物を滅却《めっきゃく》」して書いた「言葉の中に自らを遍在させている」という特色において（Woolf, pp. 101–02）、それぞれシェイクスピアとオースティンの一致点を見出した。

オースティンがシェイクスピアに親しみ、この劇作家を敬愛していたことは、彼女の小説の随所にシェイクスピアからの引用がちりばめられていることからも、うかがわれる。ここでは、その中から、最も印象深い場面を一例として取り上げるに留めておこう。

オースティンの代表作『高慢と偏見』で、女主人公エリザベス・ベネットは、ダーシーと最悪の出会い方をした。最初に出会った舞踏会で、いかにも高慢そうなダーシーが、エリザベスのことを「まあまあだが」それほどの「美人ではない」と友人ビングリーに話しているのを耳にしたことをきっかけに、彼女はダーシーに対して根深い偏見を抱くことになるのである。

そのあと、姉ジェインがビングリーの屋敷で風邪をこじらせ、エリザベスが付き添っているところへ、母親ベネット夫人が訪れ、娘たちが世話になっていることについて、ビングリーに礼を述べる。長女ジェインと金持ちの青年ビングリーとの結婚を目論《もくろ》んでいるベネット夫人は、ビングリー家の人々や客人たちを前にして、彼に対して露骨に媚びへつらい、ジェインを褒めちぎる。エリザベスは母の話を他へ逸らそうとし、ダーシーがそれに応じると、誤解したベネット夫人が食ってかかったために、その場の雰囲気が危うくなる。ベネット夫人はジェインの自慢話にさらに力を入れ、以前ジェインが、崇拝者に詩を捧げられたというエピソードを披露する。エリザベスは、母の話を遮るために次のように述べ、ふたたびダーシーがそれに応じる。

「そして、彼の恋もお仕舞い」エリザベスはたまりかねて言った。「そういうふうに詩を書いて恋を克服した人が、いままでにたくさんいたのでしょうね。恋を追い払うのに詩に効き目があるってことを、最初に発見した人は誰なのかしら！」

「詩は恋の糧だと、ぼくは思っていましたけれどもね」とダーシーが言った。

「強くてたくましい本物の恋ならば、そうかもしれませんわ。もともと強い恋なら、なんでも養分にしてしまうでしょうから。ところが、ちょっと好きという程度の弱々しい気持ちなら、上手なソネットをひとつ書いただけで、消えてしまうのです」（第九章、廣野訳）

ここでダーシーが述べた「恋の糧」（the food of love）という表現は、シェイクスピアの『十二夜』（第一幕第一場）からの引用である。エリザベスの言葉を聞いて、ダーシーは微笑み、一座は沈黙して会話が途切れる。ここから二つのことが言える。

第一は、大勢の中に交じっていても、ダーシーとエリザベスは互いの中に自分の知性を触発する議論の相手を見出すということだ。ダーシーがシェイクスピアを引用していることに、エリザベスは気づき、「ソネット」に言及しているようだが、おそらくほかの人々は気づいていないのだろう。こうして、知的レベルの抜きん出た二人の会話が主導権を握り、周囲を圧倒してしまう状況がこのあともしばしば繰り返される。

第二は、互いに険悪な関係でありつつも、ここで恋愛に関する議論を白熱させているダーシーとエリザベスが、やがて愛し合うようになることが、予言的に暗示されていることだ。この会話は、二人の恋がどれだけ「恋の糧」を得て成長し得るか、また、果たして試練に耐える強さを持ち、本物であるかどうかが試される際の伏線ともなる。

この会話の後、ダーシーはエリザベスについての悪口の仲間に加わらなくなった。女主人公と主人公との関係が、一歩深まったとも言える会話の中に、シェイクスピアからの引用が含まれているということ。それは、オースティンがシェイクスピア文学を吸収していた証左とも言えるだろう。

ヴィクトリア朝小説(1)『大いなる遺産』

前世紀に誕生したばかりのイギリス小説は、早くも一九世紀のヴィクトリア朝時代に黄金期を迎える。この時期に最もシェイクスピアを意識していた作家は、チャールズ・ディケンズであったと言えるだろう。ディケンズは、のちに伝記作家フォースターに語ったところによると、二〇歳前後の頃、三年間、毎晩のように劇場に通い、自らも俳優として舞台に立つことを志して演技の練習を続け、オーディションを受ける計画まで立てていたという（Forster, pp. 179-81）。一八三三年には、『オセロ』をもじった茶番劇を書いて、家族や知り合いとともに上演している。

ディケンズは、学者や批評家、俳優など、主要なシェイクスピア関係者とも知己を深め、一八三八年に結成された「シェイクスピア・クラブ」の会員になって、相互の交流に熱意を注ぐとともに、クラブの解体後一八四〇年に設立された「シェイクスピア協会」でも、評議会メンバーとして活躍した。

このように終生シェイクスピアに関わり続けたディケンズは、自分のことを、「シェイクスピア追従者として、はるか後ろのほうから、言うに値しないほどわずかにその足跡を辿っている者」（エッセイ「人生の無言劇」（『ベントリーズ・ミセラニー』誌、一八三七年三月号）より）と呼んでいる。過去の大物作家の前に謙《へりくだ》り、憧れを示しつつも、自分をその延長線上に位置づけようとするディケンズの意思表明からは、自らも大物作家たらんとする野心が透けて見えるようだ。

当然ながら、ディケンズの作品には、テーマや人物造形、表現など、さまざまな面でシェイクスピアの影響が見られる。ここでは、シェイクスピア劇の上演の挿話そのものが、ストーリーの一部を構成している例を挙げよう。『大いなる遺産』（一八六〇〜六一）の第三一章である。

ピップはある謎の恩人の遺産相続者として、突然紳士の身分となり、ロンドンに出る。ピップの郷里には、ウォプスルという教会書記で、自慢の太い声で芝居気たっぷりにお祈りを唱える人物がいた。演劇界で才能を発揮することを夢見たウォプスルは、ついに書記を辞め、ロンドンに出てきて役者になる。ピップと彼の友人ハーバートは、ウォプスルがハムレット役を演じる芝居を観に行く。

この章では、その芝居の上演がいかに滑稽で、観客にやじられ、惨憺《さんたん》たるものであったかが、『ハムレット』の筋を追いつつ描かれる。ピップの緊迫した物語の中に挿入されたこの章は、一見、喜劇的な幕間《まくあい》の役割を果たしているように見える。しかし、そこから生じる笑いには、何か陰鬱な気分が漂う。ウォプスルの役者になる夢は絶望的なものに見えるが、それは、同じく同郷からロンドンへ出てきたピップの紳士になる夢のパロディのようにも思えてくるからだ。ウォプスルが演じる無様なハムレットの姿は、ピップ自身とも重なってくる。

では、ピップにとって、彼を導く「父の亡霊」とは何者なのか？――この問いに対して、ピップが幼い頃に出会った囚人の姿や、正体を現さぬ謎の恩人の存在がおぼろげに交錯し合い、「父の亡霊」に導かれつつ彼の歩む道が、怪しげな偽物めいたものであることが暗示されているように思える。だからこそ、この章の笑いには、苦い皮肉が漂っているのではないだろうか。

ちなみに、ウォプスルは脇役ではあるが、プロット展開のうえでのキーパーソンでもある。少年時代のピップは、あるとき外出の帰りにウォプスルに出くわし、叔父殺しの罪で処刑されるジョージ・バーンウェルの悲劇〔ジョージ・リロウ作の演劇『ロンドン商人』（一七三一年）〕の朗読を聞かせてやると言われ、彼の上演につき合わされて夜遅くまで引き止められる。帰宅してみると、自宅で姉ガージャリー夫人が、何者かによって後頭部を強打されて倒れるという事件が起きたあとだった。殺人者バーンウェルと自分を重ねてしまっていたピップは――叔父殺しの罪という点で、ここでもピップはハムレットと重なり合う――姉が襲われたことが自分と関係があるかのような罪悪感に苛《さいな》まれることになるのである。

また、物語の終盤では、謎の恩人の正体が明らかになり、ピップは囚人マグウィッチをかくまって緊迫した生活を続けるが、ある日憂鬱な気分を紛らわすために芝居を観に行く。ウォプスルは滑稽なドタバタ劇を演じているが、舞台上から観客のピップのほうに異様な視線を向けている。芝居が終わったあとウォプスルは、ピップの後ろの席に、かつて沼地で見た「もう一人の囚人」が座っていたという恐ろしい情報を、ピップに告げる。こうして、マグウィッチの宿敵がピップを監視していることが発覚するのである。

いずれの箇所も、プロット上の大きな転換点の役割を果たしている。このようにウォプスルの劇が上演されているときには、その舞台外で真に劇的なことが起きている。ディケンズは、「劇」を巧みに小説に溶け込ませた作家であるという点で、シェイクスピアを最もよく理解していた小説家と言えるかもしれない。

ヴィクトリア朝小説(2)『サイラス・マーナー』

ヴィクトリア朝小説の中から、もう一例として、女性作家ジョージ・エリオットの中編小説『サイラス・マーナー』(一八六一)を取り上げておこう。これは、過去に親友と恋人に裏切られ、すっかり人間不信となった男サイラス・マーナーの再生の物語である。

不幸に巻き込まれて故郷を去り、ラヴェローの村に移り住んだサイラスは、人間関係をいっさい絶って、小屋でひたすら機織《はたお》りを続け、金を貯めることだけを楽しみに生きる。しかし、金貨を貯めていた壺が盗まれ、すっかり生きる力を失ってしまったサイラスは、ある夜、壺が消えた場所に、金色のものが光っているのを発見する。思わず彼が発したのは、「ゴールドだ！——わしのゴールドだ——無くなったときと同じように、不思議にも戻ってきたんだ！」(Gold!—his own gold—brought back to him as mysteriously as it had been taken away!〔第一二章〕)という言葉だった。

目の悪いサイラスは、無くなった金貨が戻ってきたものと錯覚し、輝くゴールドのほうに手を伸ばすが、触れて見ると、それは眠っている小さな子供の金髪の巻き毛だった。しかし、その瞬間サイラスを襲ったのは失望ではなく、遠い昔に亡くした幼い妹の記憶だった。彼はこの子を育てることを決意し、エピーと名づけ、次第に人間性を取り戻していき、幸せを勝ち得る。

物語の転換点となるのは、この「ゴールドだ！」というひと言である。これは、シェイクスピアの『冬物語』で、王レオンティーズが、妻に対する嫉妬に駆られ、生まれたばかりの赤ん坊をアンティゴナスに命じて海岸に捨てさせるくだりに出てくる言葉だ。

アンティゴナスは命令通り赤子を捨てたあと、自らは熊に襲われ、食い殺されてしまう。それを目撃していた道化《どうけ》が父の羊飼いと対話する。羊飼いは、豪勢なおくるみにくるまれた赤子を拾う。道化は父に向かって言う――「父ちゃんは、羽振りのいいじいさんになること間違いなしだ。若いころの罪が許されりゃ死ぬまで安泰だ。ゴールドだ、全部ゴールドだ！」(You're a made old man.... Gold, all gold!)〔第三幕第三場。以下、序章におけるシェイクスピアの原作からの引用は、松岡和子訳（ちくま文庫）によるが、一部改変を含む場合がある〕。この赤ん坊は、王女パーディタで、その後無事に成長する。そして、同じく死んだものと思われていた母の王妃ハーマイオニとともに、最後に、生きて父レオンティーズと対面することになる。

こうして、希望の象徴としての子供の登場と同時に叫ばれる「ゴールドだ!」という言葉は、シェイクスピアの物語の言葉と反響し合い、深い意味合いを帯びるのである。

2 シェイクスピア、二〇世紀の小説世界へ

「意識の流れ」の小説『ユリシーズ』

二〇世紀アイルランドのモダニズム作家ジェイムズ・ジョイスの『ユリシーズ』(一九二二)は、「意識の流れ」の手法が用いられた代表的な小説である。本作の下敷きになっているのは、ホメロスの叙事詩『オデュッセイア』で、ギリシア神話の英雄オデュッセウス(英語名はユリシーズ)が、トロイ戦争での勝利ののち、部下たちとともに帰国の途中に各地を放浪し、艱難辛苦《かんなんしんく》の末、一〇年後に故国イタカに帰り着き、それまで父を探しに旅に出ていた息子テレマコスと、夫の留守中次々と訪れる求婚者たちを拒絶しながら待ち続けていた貞淑《ていしゅく》な妻ペネロペイアに再会する物語である。

ジョイスの『ユリシーズ』では、オデュッセウスがダブリンの新聞社の広告取りである冴

えないレオポルド・ブルームに、テレマコスが芸術家志望の青年スティーヴン・ディーダラス〔前作『若き芸術家の肖像』（一九一六）に登場した人物。作者によれば、ジョイス自身の姿とされる〕に、ペネロペイアがブルームに隠れて浮気をしている妻モリーに対応する。また、ブルームの放浪はわずか一日間の出来事にすぎない。

『ユリシーズ』には、しばしばシェイクスピアへの言及や作品からの引用が見られるが、特に集中しているのは、第九挿話「スキュレとカリュブディス」で、スティーヴンが国立図書館において、数名の文学者たちを相手に『ハムレット』論を披露する部分である〔ウィリアム・ピアリの指摘によれば、シェイクスピアの引用または言及の箇所が、作品全体では三二一回、そのうち一〇七回（三分の一）が『ハムレット』について。一〇七回のうち五八回が、この第九挿話に見られる（Peery, p. 109）〕。

シェイクスピアは妻アン・ハサウェイの不倫について悩んでいたので、作者が自分自身を投影している対象は、ハムレット――シェイクスピアの死んだ息子ハムネットに因んで名付けた主人公――ではなく、ハムレットの父の亡霊である、というのが、スティーヴンの持説である。つまり、シェイクスピアがアンの浮気に悩んでいたように、先王は王妃ガートルードの浮気に悩まされて化けて出てきたというわけだ。

すると、『ユリシーズ』で妻の浮気に悩まされているのはブルームであるから、彼が父王に対応することになる。ブルームは、オデュッセウスとして苦難の道を歩んでいるのみならず、文字通り亡霊のように彷徨《さまよ》いつつ、息子ハムレットに自分の想いを託そうとしている、という解釈ができる。そして、スティーヴンは、テレマコスであると同時に、若き芸術家のごとく言葉の表現に捕らわれているハムレットとも重ね合わされることになる。

「意識の流れ」とは、言語化される前の段階の「意識」のレベルに焦点を当てて、人間の心の中の反応を写し取ろうとする手法である。しかし、シェイクスピアの原作において悩めるハムレットが、頭の中に去来するさまざまな想いを、過剰な言葉を連ねて吐露する独白は、半ば「意識の流れ」の性質を帯びていると言ってもよい。なぜなら、「意識の流れ」の方法の中でも、意識の主体の文体上の主語が「私」になる場合――すなわち、間接話法における人称が保たれなくなる場合――を「内的独白」と呼ぶが、『ユリシーズ』では主としてこの手法が用いられているからだ。したがって、ハムレットの独白と『ユリシーズ』中の独白は、意外にも近接していると言えるのではないだろうか。

ちなみに、ジョイスが初めてホメロスの『オデュッセイア』に出会ったのは、『シェイクスピア物語』の作者チャールズ・ラムが子供のために書いた『ユリシーズの冒険』を通してであったという。ラムとシェイクスピアの関係については、のちの章で取り上げたい。

ディストピア小説『すばらしい新世界』

オルダス・ハックスリーのディストピア小説『すばらしい新世界』（一九三二）は、シェイクスピアの『テンペスト』の中のミランダの台詞から、題名が引かれている。父以外の人間を知らずに、一二年間無人島で過ごしてきたミランダは、島に到来した人々の姿を初めて目にしたとき、次のように述べる。

ああ不思議！
こんなにたくさん立派な人たちがいるなんて！
人間はなんて美しいのだろう！　ああ、すばらしい新世界、
こういう人たちが住んでいるとは！（第五幕第一場）

人間の醜い悪しき面を知らないミランダは、その美しい善き面だけに出会って、感動するのだ。この言葉が、ディストピア小説のタイトルに移し替えられると、皮肉な意味合いが一気に色濃くなる。小説の中でこの言葉を述べるのは、ジョンである。科学技術により管理された未来世界では、人々が生まれる前の受精卵の段階から、支配階級であるアルファ、ベータ

と、その下位の階級であるガンマ、デルタ、エプシロンとに分けられる。

ジョンの母親リンダは、ベータ階級の出身でロンドンの「都市国家」の住人だったが、若い頃未婚のまま蛮人保留地で子を身ごもったことを恥じ、保留地に留まってジョンを生み育てる。

母子は保留地でも孤立するが、ジョンは一二歳のとき母親にシェイクスピア全集を与えられて以来、ひたすらそれを読みながら育つ。こうして青年ジョンは、自分の考えや気持ちを、すべてシェイクスピア劇の言葉で表現するようになったのである。ジョンは、「中央ロンドン孵化《ふか》・条件付けセンター」心理課に勤務するバーナード・マルクスから、一緒にロンドンに来ないかと誘われたとき、文明社会への期待に胸を膨らませながら、例の『テンペスト』のミランダの言葉で答えたのだ（第八章）。

ベータ階級の女性レーニナに恋するようになったジョンは、『ロミオとジュリエット』『トロイラスとクレシダ』『テンペスト』などから引用しながら、彼女に対する恋心や賛嘆の念を表現する。ところが、彼女が性的な欲望をストレートに示すと幻滅し、『オセロ』『リア王』などを引用しながら、ののしりの言葉を浴びせる。

他方、息子とともにロンドンに来たリンダは、幸福な気分になるための「ソーマ」と呼ばれる薬を飲みすぎて、死んでしまう。新生活に疲れきったジョンは、田舎の灯台に移り住み、文明によって汚れた自分を浄めようと修行生活を始める。しかし、野蛮人について取材するために、次々と新聞記者たちがジョンのもとへ押し寄せてくるようになり、最後に、首吊り自殺したジョンの遺体が発見される。

安定と幸福を目指し、過度に管理された人工的な世界は、そこで脱落したリンダや、自らに苦痛を与えることによって反発したジョンによって、アイロニカルに諷刺《ふうし》されている。シェイクスピアが描く人間の喜怒哀楽がもはや古すぎて読まれなくなった未来世界とは、ディストピア（暗黒郷）にほかならないと言えよう。

探偵小説『ポアロのクリスマス』

「ミステリーの女王」と呼ばれるアガサ・クリスティは、シェイクスピアの熱心なファンで、生涯にわたり、彼の作品を読んだり、芝居を見に行ったりし続けたという。その影響は、クリスティの作品にもさまざまな形で現れている。

たとえば、クリスティの作品のタイトルのいくつかは、シェイクスピア作品から取られたものである。『満潮に乗って』（*Taken at the Flood*／米版 *There is a Tide*〔一九四八〕）は『ジュリアス・シーザー』（英米版のタイトルともに、第四幕第二場、ブルータスの台詞）から、『杉の柩《ひつぎ》』（*Sad Cypress*〔一九四〇〕）は『十二夜』（第二幕第四場、道化フェステの歌）から、『親指のうずき』（*By the*

Pricking of My Thumbs（一九六八）は『マクベス』（第四幕第一場、第二の魔女の台詞）から引用したものである。クリスティがメアリ・ウェストマコットというペンネームで発表した小説『春にして君を離れ』（*Absent in the Spring*（一九四四））は、シェイクスピアのソネット第九八番から引いたタイトルである。

クリスティは、作品中でもしばしばシェイクスピアに言及したり、引用句を織り込んだりしている。ここでは、『ポアロのクリスマス』を例に挙げてみよう。ダイヤモンド採掘によって莫大な財を築いたシメオン・リーは、クリスマスを祝うという名目で、ばらばらになった家族をゴーストン館に呼び集めるが、暴君的な老人のねらいは和解よりも争いを引き起こして楽しむことにあった。不穏な空気が漲《みなぎ》り、その夜、突然館に絶叫が響き渡り、一同がシメオンの部屋に駆けつけると、血まみれになった彼の遺体が発見される。

そのとき、長男アルフレッドの妻リディアが口にした「あの年寄りの体に、こんなにたくさんの血があるなんて、誰が思っただろう」（第三部第三章）という言葉は、『マクベス』（第五幕第一場）からの引用句である。これは、夢遊病になったマクベス夫人が発した言葉であるが、彼女が手についた血の染みをしきりに消そうとしていることからも、夫マクベスがダンカン王を殺害した際の流血の情景が頭から離れないさまがうかがわれる。

クリスティの作品では、この言葉を発したリディアもまた容疑者の一人であるため、そこにどのような意味が込められているのかは、結末近くまで謎である。しかし、探偵ポアロはこの言葉を手がかりに、「たくさんの血」の印象自体が、トリックの一部であったことを解明する。

また、ポアロは、殺害されたシメオン・リーがどのような性格の人物であったかという点を重視することによって事件の真相を探ろうとし、警察部長に向かって次のように説明している。

「被害者の性格はいつも、彼らが殺されることと何らかの関係があるものです。デズデモーナが、率直で人を疑うことを知らない心の持ち主であったことが、彼女が殺された直接の原因だったのです。彼女がもっと疑い深い女だったなら、もっと早くイアーゴーの陰謀を見抜いて、それを回避しようとしたでしょう。（中略）マキューシオが剣に刺し殺されたのも、彼の短気な性格のせいでした」（第三部第一一章、廣野訳）

ここで例に挙げられた人物であるデズデモーナは『オセロ』から、マキューシオは『ロミオとジュリエット』から取られた登場人物である。このようにポアロは、被害者の性格の中に、死を引き起こすことになった犯人の行動や心理の原因を探り、事実を整理しながら推理することによって、意外な犯人を突き止めるのである。クリスティの探偵小説には、単なる謎解きゲームとは異なり、常に人間性の探究が含まれている（廣野二〇〇九）。

少女小説『赤毛のアン』

ルーシー・モンゴメリの『赤毛のアン』（一九〇八）は、男の子を養子にしたいと考えていたマシューとマリラ兄妹の家へ、孤児のアンが間違って連れてこられるところから始まる。我が家ができると大喜びだったのに、翌日自分が返されると知った少女は、がっかりする。「名前は?」とマリラに尋ねられたとき、彼女は「私をコーデリアと呼んでいただけませんか?」と熱心に頼む。本当の名前を尋ねられて「アン・シャーリー」としぶしぶ答えたあと、彼女は言う。「でも、どうかコーデリアと呼んでください。ここにちょっとの間しかいないんですもの」「私はいつも、自分の名前がコーデリアだと想像してきたんです」「アンという名を呼ぶのなら、せめて〝e〟のついた綴りのアンで呼んでください」という有名なくだりである。

本好きで、物語の空想の中で生きてきたアンが、「このうえもなく優雅な名前」だと思っているコーデリアとは、シェイクスピアの『リア王』の末娘のことを指しているようだ。父王に誤解されて悲劇的な人生を歩んだ、この心美しい女性のイメージから、アンはこれまで孤児として苦労してきた自分の不運を重ねつつ、空想の中でコーデリアを演じたいと思っていたのだろう。

ちなみに、作者モンゴメリは、アンの親友の名を「ダイアナ」と名づけたが、はじめは「ローラ」か「ガートルード」にしようかと考えていたらしい（Doody, p. 25）。アンが「心の友」と呼ぶ女友達なので、アンの憧れそうな名前にしようと、いろいろアイデアを練ったのだろう。最終的には、ローマ神話の女神の名に落ち着いたようだが、ガートルードというハムレットの母の名も、アンが飛びつきそうだと考えて、モンゴメリが候補に挙げていたものと推測できる。

この作品には、シェイクスピア作品の台詞が随所にちりばめられている。たとえば、友人に虚勢を張って屋根の棟を歩いたあげく、落下したアンが怪我をしてしばらく休み、久しぶりに学校へ行くというくだりを見てみよう。

美しい一〇月の朝で、「秋の空気の香りに心を掻き立てられ、女子生徒たちは、カタツムリのようにのろのろとではなく、軽やかな足取りで、浮き浮きしながら学校へと急いだ」（第二四章）とある。これは、『お気に召すまま』の有名な台詞「この世はすべてひとつの舞台」に続き、人生の諸段階が紹介される箇所に出てくる、「泣き虫の男子生徒、カバンを掛け／輝く朝日を顔に受け、足取りはカタツムリ、／いやいやながら学校へ」（第二幕第七場）という一節を反転させたヴァリエーションである。

あるいは、クリスマスの夕べにアヴォンリーの学校でコンサートが行われたあと、熱狂冷めやらぬ生徒たちが、なかなかふつうの生活に戻れない気分だったというくだり。とりわけアンにとっては、すべてが「単調で、退屈で、無益に思えた」（things seemed fearfully flat, stale, and unprofitable〔第二六章〕）とあるが、ここでは、ハムレットが父王亡きあとの世界に対する倦怠感を示した表現（How weary, stale, flat, and unprofitable / Seems to me...〔第一幕第二場〕）が、さりげなく引用されている。

このようにモンゴメリの作品では、ことさら技巧をねらうというよりも、一種の「言葉のあや」として、文章の中にごく自然にシェイクスピアが溶け込んでいるさまがうかがわれる。

日本の小説『虞美人草』

夏目漱石は、熊本県の第五高等学校の英語教授を勤めていたとき、文部省から英語研究のため二年間のイギリス留学を命じられた。漱石はイギリス滞在中、ロンドン大学ユニバーシティ・カレッジで聴講していたが、講義が面白くなかったため大学に行くのをやめて、シェイクスピア研究家ウィリアム・クレイヴから一年間、個人教授を受ける。そして、下宿にこもって書物を読み、文学とは何かという根本的問題について、英文学から例を挙げながら科学的に解き明かす研究に没頭した。

一九〇三年に帰国し、東京帝国大学の講師になった漱石は、イギリス滞在中における研究をもとに東大で講義を行う。それをまとめた著書『文学論』には、数多くの文学作品が引用されているが、その中でもシェイクスピアからの引用の多さは群を抜いている（野谷士《のたにあきら》によれば、英文学作品全体の中で、シェイクスピアからの引用が四分の一を占めているという）。

一方、もう一つの講義をもとにした著書『文学評論』を見ると、漱石の英文学研究の領域は、一八世紀作家をはじめ幅広い領域をカバーしていることがわかるが、漱石がシェイクスピアにかなり傾倒していたことは、やはり確かであると言えるだろう。それは、彼が『マクベス』『リア王』『ハムレット』『テンペスト』『オセロ』『ヴェニスの商人』『ロミオとジュリエット』の評釈を大学で行っていることなどからもうかがわれる（野谷、四頁）。

漱石の初期作品『吾輩は猫である』や『坊っちゃん』は、諧謔《かいぎゃく》や諷刺などを基調とした作品であるが、彼が一九〇七年、すべての教職を辞めて朝日新聞社に入社し、作家業に専念するようになったおりに、連載小説の第一作目として書かれた『虞美人草《ぐびじんそう》』は、それらとはかなり趣が異なっていた。作品では、甲野藤尾《こうのふじお》という新しいタイプの女主人公が登場し、複雑な人間心理が描かれているが、この女主人公の造形にあたって、漱石はシェイクスピアの『アントニーとクレオパトラ』を用いている。

作品はじめに藤尾が登場する場面で、彼女は文学士小野《おの》清三《せいぞう》に英語を習っているが、そこで扱われているテクストは、クレオパトラに死が迫った箇所である。「沙翁《シエクスピア》の描《か》いたクレオパトラを見ると一種妙な心持ちになります」と言う小野に対して、藤尾がどんな心持ちかと問うと、「古い穴の中へ引き込まれて、出ることができなくなって、ぼんやりしているうちに、紫色のクレオパトラが眼の前に鮮やかに映ってきます。剝《は》げかかった錦絵《にしきえ》のなかから、たった一人がぱっと紫に燃えて浮き出してきます」と小野は答える。

これは、紫色の着物を着て目の前にいる藤尾が、女王クレオパトラのイメージと重なり、自分がアントニーのように、この気位の高い妖艶《ようえん》な女性に魅了され、破滅的な恋に陥るのではないかと、小野が内心、不安を覚えていることをほのめかしている。

二人の会話は、アントニーがローマでオクテヴィアと結婚したとき、クレオパトラが激しく嫉妬したこと、クレオパトラの恋は「暦にものっていない大暴雨《おおあらし》の恋。九寸五分〔短刀の俗称〕の恋」と形容される通り、命がけのものであることなどにも及ぶ。それゆえ、将来、義理と人情の狭間で悩む小野が、恩師井上孤堂《いのうえこどう》の娘小夜子《さよこ》との結婚を決断するとき、嫉妬に狂った藤尾が死に至ることも、冒頭からすでに暗示されている。

父親をはじめ周囲に庇護《ひご》されている小夜子や、兄宗近一《むねちかはじめ》に励まされながら甲野欽吾《きんご》〔甲野は一度、浅井から「ハムレット」と呼ばれている〕との結婚の意思を固める糸子《いとこ》が、伝統的な女性像であるのに対して、自我と虚栄心の強い藤尾は、兄からも「跳ね返りもの」と呼ばれ、許婚《いいなずけ》の宗近からも最後に見捨てられ、誰にも守られることなく自らの人生を自分で選ぼうとする女性である。そうした近代的な女性像を創造する際に、漱石はシェイクスピアが古代を舞台に描いた強烈な女主人公像からヒントを得たとも言えるだろう。

シェイクスピアとの出会い

以上、シェイクスピアの劇作品が、小説という異なったジャンルの作品において、さまざまな形に変貌しつつ吸収され、浸透しているさまを、一望した。これらはシェイクスピアが後世に与えた影響のうちのごくわずかな例にすぎない。しかし、作家たちがいかにシェイクスピアの文学から大きな刺激を受けているかは、そこからも垣間見ることができたと思う。

シェイクスピアの影響は、二一世紀以降も、脈々と引き継がれていこうとしている。一例を挙げると、イギリスの作家J・K・ローリングの『ハリー・ポッター』シリーズ（一九九七～二〇一六）は、子供のみならず大人にも親しまれている空前の世界的ベストセラー小説であるが、この魔法と復讐の物語世界に、シェイクスピアの『マクベス』や『ハムレット』を連想させる雰囲気やストーリーがちりばめられていることは、容易に見て取れる。

今後も私たちは、さまざまな文学作品の中で、意識的に、あるいは無意識のうちに、シェイクスピアに出会い続けることだろう。

第1章

劇場の中のシェイクスピア——『ロミオとジュリエット』

桒山智成

1　シェイクスピアの台詞と劇場

上演台本としてのシェイクスピア

第2章と第3章においてシェイクスピア作品の翻案を分析するにあたり、まず第1章では、原作であるシェイクスピアには演劇としてどのような面白さがあるのか、いかにライブの演劇上演を念頭に執筆されているかについて見てみたい。

大学の一般教養の授業で学期はじめにコメントを書いてもらうと、シェイクスピアが散文物語も書いていたと思っている受講生が意外と多いことがわかる。これは子供時代に第2章で扱うラム姉弟の『シェイクスピア物語』に親しんだ影響かもしれない。

しかし、実際のところシェイクスピアは、地の文があり、キャラクターが引用符の中で話をする、といった散文物語を一作品も書いていない。長編詩やソネット〔十四行恋愛詩〕集も出版したが、主に執筆したものは、劇場上演のための台本であった。

劇作を数にすると、共作と見なされる作品も含めて、四〇本ほどになる。そのうち約半数が生前に出版されたが、シェイクスピアが監修したと思われる出版台本テクストは存在しない。そして、シェイクスピアの没後七年目に、劇団の仲間たちによって「戯曲集」（本のサイズから第一・二つ折版、ファースト・フォリオと呼ばれる）が記念出版され、残りの半数もそこに含められた。つまり、生前シェイクスピアは、出版のためではなく、あくまでも上演のために台本を書いていたのである。

シェイクスピアは一五九〇年頃から一六一〇年代初頭まで、現在のイギリスの首都でもあるロンドンで活躍した。日本の歴史で言えば、豊臣秀吉による天下統一の頃から徳川幕府の始まりまでにあたる時期である。そうした四〇〇年以上前の作品であるにもかかわらず、当時から現在に至るまで（政治的に演劇上演が禁じられた、いわゆる清教徒革命期の一六四二〜一六六〇年を除いて）イギリスで、あるいは日本を含めた海外で、連綿と上演され続けてきた。この事実自体、シェイクスピア作品の尽きない魅力の証左となっている。

劇場形態と祝祭性

シェイクスピア作品は基本的に上演台本であるので、テクストを読む際には原作、翻訳にかかわらず、舞台で上演されることを意識して読むことが大切になってくる。その際に、当時の劇場がいかに現代の劇場とは異なっているかを念頭に置くと、より楽しむことができる

図1–1　スワン座のスケッチ

であろう。当時の劇場形態については上のスケッチと写真を見てみよう。図1－1は当時描かれた劇場スワン座（The Swan）のスケッチで、図1－2は当時の劇場を現代のロンドンに復元したシェイクスピアズ・グローブ座（Shakespeare's Globe）の様子である。「シェイクスピアズ・グローブ」という名前は、シェイクスピアの劇団の劇場「グローブ座」（the Globe）にちなんでつけられた。こうした形態を持つ劇場（"Public / Common Playhouse" 公衆劇場）は当時、ロンドンで人気を博した。

これらのスケッチや写真を見ても、現代の一般的な演劇上演とは趣が大きく異なることがわかる。現代の演劇上演は屋内で行われ、観客は舞台の正面に座り、暗闇の中にいる。舞台では、観客席とは対照的に、さまざまに工夫された照明効果がセットとともに展開し、華やかな視覚空間が生まれる。しかし、シェイクスピアの時代の公衆劇場は、写真の通り、舞台

図1–2　復元されたシェイクスピアズ・グローブ座（公演準備ならびに劇場ツアーの様子）

が観客の中に突き出し、舞台の周りの観客の頭上には屋根がない、いわば半野外の劇場であった。上演は日中に太陽光のもとで行われた。

人工照明での上演と太陽光での上演は、似て非なるものである。現代の人工照明は、光に色をつけて、時間や季節を表現できるだけでなく、特定の人物に、スポットライトなど範囲を限定した特別な光を当てて、観客にその人物の視点や心情に集中させることができる。しかし、（半）野外劇場では、太陽光は、舞台上のどのキャラクターにも、そして観客にも、平等に当たることになる。つまり、作り手は、現代の室内劇場で行うようには観客の心情や視点を操作できないのだ。（半）野外劇場は本来的に、より平等主義的ないし民主的な性質を持つと言えよう。

しかも、（半）野外劇場の張り出し舞台では、大がかりなセットを置くこともできない。大きな物を置いてしまうと、舞台の横に位置する観客の視覚が遮られたり、台詞が聞こえにくくなったりしてしまう。では、どのように場面の情景を説明し、場面転換を行うのだろうか？

それは台詞、つまり言葉によってである。キャラクターが登場し、情景説明を含めた台詞を語った後、全員が退場する。次に別のキャラクターが舞台に登場し、台詞を語り始めると、舞台が表す時間や場所はすぐに変化し得る。こうした上演は一見不便に見えるかもしれないが、照明やセット、背景幕などの物理的制約を受けず、素早く時空を超えることができると言える。

このようにシェイクスピアの台詞は、キャラクターの「心理、感情、思考」だけでなく、「場所や時間」の情報も含んでいる。つまり、台詞を聞きながら、役者と一緒に劇世界を想像することが観劇行為の中心を占めることになる。作り手だけでなく、受け手が想像力を使ってはじめて劇世界は生まれるのだ。現代のエンターテインメントの感覚で言えば、漫才やコントを念頭に置くと、理解しやすいかもしれない。

つまり、こうした劇場上演は、現代の一般的な劇場上演よりも祝祭性が強い。観客は互いの姿を確認できるだけでなく、役者とも視線が通い合い、互いの存在を常に感じることができる。集まった人間全員で、ともに想像力を使い、一つの世界を作り上げる。つまり、一種の言葉と身体の「お祭り」あるいは「ライブコンサート」だと言えよう。ロンドンのシェイクスピアズ・グローブ座に行くと、こういった雰囲気を実際に味わうことができる。

資源の問題を抱える二一世紀には、こうした劇場はより重要になってくるはずだ。電気を必要とせず、持続可能性の高いエコロジカルな上演だからである。台詞を覚えている人間と、観客が集まるだけで、劇世界が生まれ、エンターテイメントが成立するのだ。

韻文の音楽的魅力

言葉が劇世界を作る以上、その言葉は「聴き心地」が良い必要がある。それゆえにシェイクスピアの時代には一定のリズムを刻む台詞の形式が発展した。この章では、日本でおそらく最もよく知られているシェイクスピア作品『ロミオとジュリエット』の、バルコニーの場面を中心に例にとって、台詞の特徴について解説してみよう。

モンタギュー家の一人息子ロミオは、敵対するキャプレット家のパーティーに忍び込んだところ、キャプレット家の一人娘ジュリエットと恋に落ちる。ロミオは、パーティーが終わった後もその場を去りがたく、庭園に残り、二階のジュリエットの部屋の窓を見上げながら、次のように述べる。

だが待て、あの窓から光が差してきた。
あれは東。だからジュリエットは太陽だ。

昇れ、美しい太陽。妬《ねた》み深い月を殺してくれ、
月はすでに悲しみに病んで、青白い。
彼女に仕える君の方が、はるかに美しいから。〔第二幕第二場〕

But soft, what light through yonder window breaks?
It is the east, and Juliet is the sun.
Arise, fair sun, and kill the envious moon,
Who is already sick and pale with grief
That thou her maid art far more fair than she.

〔指定のない限り、第1章における『ロミオとジュリエット』の原文の引用はすべて *Romeo and Juliet*, ed. by René Weis, the Arden Shakespeare, the 3rd Series より。翻訳はすべて桒山による。〕

ここでは英語の原文も見てみよう。下線部分〔音節〕とそれ以外の部分〔音節〕はそれぞれ母音を一つ含み、「弱く読む母音」と「強く読む母音」のペアが、一行中に五回現れるように書かれている。つまり母音の数は各行一〇個となる。これは「弱強五歩格」〔iambic pentameter〕と呼ばれる韻文の形式である。日本語で「韻」と言うと、行の終わりに脚韻《きゃくいん》を踏むことを連想しがちなので〔シェイクスピアの台詞は基本的に脚韻を踏まない〕、「韻文」というより

も「リズム文」と読んだ方が理解しやすいかもしれない。当時の台本はこうしたラップのような韻文二〇〇〇〜三〇〇〇行ほどで構成されていた。この事実のみを見ても、この時代の劇作家の力量がうかがえる。

ただし、この弱強のリズムは、英語の響きとして不自然ではないことにも留意する必要がある。そもそも英語の会話は、今も昔も、こうしたリズムを持っているからだ。たとえば、「来週お話しできることを楽しみにしています」という文章を例にとり、現代英語に翻訳すると、"I'm looking forward to talking to you next week." となる。つまり、この文章であれば〈弱強・弱強・弱弱強・弱弱強・弱強〉というリズムを自然に持つことになり、下線の母音がその前の母音より強くなるように話すと、意味が相手に伝わりやすくなる。言うまでもなく、五つ強く読むといっても、話し手の強調したい意味によって、強さの度合いは変化する。そして、この文章で「弱弱強」の箇所を「弱強」になるように語彙を調整すると、「弱強」が五つということになり、この文章も弱強五歩格の一行となる。

シェイクスピアの時代の演劇では、こうしたリズムの行が繰り返されることによって、日常会話に類似していながら、耳に心地よい、整った言葉の世界が展開した。役者の演技だけでなく、こうした言葉の音楽性があってこそ、「何もない舞台」の上に、日常世界と似て非なる異世界が動き出したのである。

ところで、英語のアクセントについて、「強く読む・強勢を置く」はよく使われる表現だが、これは物理的にはどういうことだろうか？　日本の英語教育ではしばしば見落とされがちに思われるが、「強く」読むための要素には、母音の音量、高さ、長さ、音質といったものがある。

つまり、弱強五歩格の台詞が朗唱される際には、五つの「強い」母音の音量・音程・速度、あるいはその度合いはさまざまなものになる。役者は、意味の流れやキャラクターの感情を考えながら、これらの「強さ」を五回〔息継ぎせずに複数の行を読み上げる場合はその倍数〕刻んでいくことになる。同じ弱強五歩格の台詞を読んでも、役者によってテクストの解釈や声の特質が異なるので、その台詞のニュアンスや音楽性は大きく変化するのである。

こういった状況は、ミュージカルやオペラの歌唱から類推すると、わかりやすいかもしれない。韻文の台詞は一定の様式と制約があるがゆえに、かえって役者の個性を引き出し、ライブ上演の面白さを強調するのだ。

情報量の豊かさ

では、シェイクスピアの韻文に固有の面白さには、どういったものがあるのだろうか。これまでさまざまな要素が考えられてきたが、最も重要に思えるのは、音楽性とともに豊かな情報量を有していることである。たとえば、先に引用したロミオの台詞のはじめの三行をもう一度例にとって考えてみよう。大切なのは、当時の劇場では、太陽光が舞台に差し込んでいたこと、そして、観客は言葉を聞きながら劇世界を想像していたことを念頭において考察することである。

だが待て、あの窓から光が差してきた。
あれは東。だからジュリエットは太陽だ。
昇れ、美しい太陽。妬《ねた》み深い月を殺してくれ（第二幕第二場）

観客はわずか三行で、そして極めてシンプルな語彙によって場面が、①夜であり、②空には月がかかり、③二階舞台は「窓付きのジュリエットの部屋」を表現し、④今、その窓から部屋の光が漏れ、⑤窓が西向きであること、がわかる。太陽光があたる、何もない舞台に、台詞を通して虚構世界がどんどんと立ち上がってくるのである。さらに、こうした状況設定に、⑥恋するロミオにとってジュリエットが「太陽」のように見えている、という最も重要な情報も織り込まれている。わずか三行でこのように虚構世界を構築していくところにシェイクスピアの力量がうかがえるであろう。

では、最も有名な、ジュリエットの台詞「ロミオ、ロミオ、どうしてあなたはロミオなの？」にはどのような情報が入っているのだろうか？


ああロミオ、ロミオ、どうしてあなたはロミオなの？

（O Romeo, Romeo, wherefore art thou Romeo?）

お父様を否定して、名前を拒《こば》んで。

それがだめなら、私の恋人だと誓って。

それなら私がキャプレットではなくなるわ。（第二幕第二場）

この台詞でジュリエットは、ロミオが庭で聞いているとは知らずに、二階の自室の窓辺で愛の想いを吐露してしまう。ここで注目したいのは、しばしば指摘されるように、ジュリエットはこの台詞において、論理的に間違ったことを述べているということだ（Sutherland, pp.58-59）。

ジュリエットは両家の争いが恋の障害になることを嘆き、ロミオに家を捨てて述べている。しかしそれなら、拒むべき「名前」は「ロミオ」ではなく、相手の家族の名前「モンタギュー」であるべきはずなのである。つまり、たとえば「ああロミオ、ロミオ、どうしてあなたはモンタギューなの?」が論理的には正しい。

では、なぜジュリエットは理屈に合わないことを言ったのだろうか? シェイクスピアは、恋心ゆえに好きな人の名前を言いたくて仕方がないというジュリエットの心理を書き入れているのだ。この台詞は、二人の間に両家の争いという障害があることだけでなく、人を愛する喜びをも同時に表現しているのである。

ここで、韻文はその制約ゆえにかえって表現力を発揮している。つまり、一行は一〇の母音に限られるのに、ジュリエットは、二つの母音を持つ"Romeo"という単語を三回も含めていることがわかるからだ〔シェイクスピアは"Romeo"を台詞によっては三つの母音で読ませているが、ここでは二音節〕。最後の"meo"だけ、母音が一つ(〔mjou〕あるいは〔mjo:〕)多くなっているが、これは「女性行末」という詩の技法で、行の余韻を残す効果がある。この余分な音にも"Romeo"という名前を言いたくて仕方のないジュリエットの気持ちが示されていると言えよう。シェイクスピアは、弱強五歩格という形式を最大限に利用して、キャラクターの心情を豊かに表現するのである〔しかもジュリエットは数行先で名前と実体について哲学的な考察も行う〕。

高度で複雑な語彙でジュリエットの心理が表されているわけではないことも、大切な事実である。名前をただただ必要以上に繰り返してしまう、誰もが理解できるシンプルな工夫によって、一人の人間の心理を見事に描いたのだ。

ジュリエットが“Romeo”という名前を言いたくて仕方がないという心理は、おそらく観客が台詞を聞いてすぐにわかるものではなく、観劇の帰りなどに台詞を思い出して、あるいは台本を見返していて、初めて気づくことであろう。シェイクスピア作品では、キャラクターの心理が台詞の奥底に秘められていることが多く、それゆえに、台詞を読めば読むほどそのキャラクターについての新たな発見がある。読者や役者、演出家、翻案作家たちを何世紀にもわたって引き付けてきた理由の一端はここにあると言ってよいだろう。

大学の一般教養の授業でこのような台詞の特徴を紹介すると、シェイクスピアはどこまで意識的にこうした効果を埋め込んだのか、あるいは特定の台詞の中でいくつ工夫があるのか、といった質問を受けることがある。

言葉でエビデンスを示しながら解説する場合、劇効果をひとつひとつ取り出して説明することになるので、こういった疑問が生まれるのだと思われるが、おそらくシェイクスピアは小さな効果を丹念に積み上げて台本を作っているわけではなく、複数の大きな発想の流れの中で創作しているように思われる。小さな劇効果はそこで生まれる副産物のようなものだと考えてよいだろう。

たとえば、バッハやモーツァルトなどのクラシック音楽の楽曲における、全体の流れとひとつひとつの巧みなフレーズとの関係を類推すれば、わかりやすいかもしれない。ただし、小さな効果とはいえ、読者あるいは役者、演出家がそれらを丹念に見つけていって、作品世界を広げていくことは、読書や観劇を豊かなものにするであろう。

2　シェイクスピアの台詞とライブ上演の感覚

韻文の台詞と役者の存在感

このセクションでは、シェイクスピアの台詞がライブ上演の魅力を引き出すことを、引き続き『ロミオとジュリエット』を例にとって見てみよう。たとえばバルコニーの場面では、場面設定自体が上演を盛り上げるものになっている。

なぜなら、場面を通して、ロミオは庭〔一階舞台〕に、ジュリエットは邸宅の二階〔二階舞台〕に離れて立っており、この距離によって、二人の役者は堂々と韻文の台詞を朗唱することができるからだ。一階舞台と二階舞台とのへだたりは、ロミオが抱くジュリエットへの宗教的なまでの憧れ、二人の間にある両家の憎しみ、恋愛の成就《じょうじゅ》の難しさなどを象徴する作用もある。しかし、この距離はもっと物理的なレベルにおいて台詞の抒情性を強調する仕掛けにもなっているのだ。

リズムの強調は当然、役者の生命感を引き出すことにもなる。一九〇行ほどある台詞を一階と二階に離れながら朗唱し続けるためには、役者は筋力と体力を発揮せざるを得ないからである。言葉は理知的なもので、筋力とは関係ないように一見思えるかもしれないが、そもそも言葉とは、横隔膜《おうかくまく》と肋骨《ろっこつ》の筋肉によって作られる「息」から生まれる身体的なものである〔特に日本語では、漢字を「見て」あるいは想像して、意味やニュアンスを了解することが多く、言葉の身体性・物理性が見過ごされがちであるように思われる〕。役者が韻文を語り続ける身体のエネルギー自体もロミオとジュリエットの若さ・恋心を表現すると言えるだろう。

さらにシェイクスピアは、劇場に響く役者の声の存在感に観客の注意を引いている。ジュリエットは、庭からロミオに突然話しかけられて驚くが、やがてこの声がロミオであることに気づき、次のように述べる。

この耳は、あなたの舌が発する言葉を
百語も飲んではいませんが、その音はわかります。〔第二幕第二場〕
My ears have yet not drunk a hundred words
Of thy tongue's uttering, yet I know the sound.

何度も指摘してきたように、当時の上演では舞台は常に太陽光で照らされていた。しかし、この台詞によって、ジュリエットからはロミオが見えないほど夜の闇が深いこと、彼女が視覚ではなく聴覚を頼りに会話していることがわかる。言葉の存在感が一層増すと言えるだろう。

しかし、上演のライブ感をより高めるのは「その音はわかります」という箇所だ。ロミオを演じる役者自身の「声質」に、観客の注意はいっそう引き付けられるからである。

「言葉」や「声」といった単語を使うのではなく、「私の耳」（My ears）や「あなたの舌が発する」（Thy tongue's uttering）という身体的な表現も効果的である。「舌」によって言葉が発せられ、それが「耳」に届くという言葉の物理的側面や、話し手と聞き手が同じ空間を共有している感覚が増すことになるからである。

特に、この台詞では、舌の先が上前歯の付け根を弾くt音やd音が繰り返されることによって、"tongue"というt音で始まる語彙の存在感だけでなく、舌そのものの存在感も強調されている。この結果、現実の役者の「声」「舌」「耳」が、より深く虚構世界と混じり合うことになる。

当時の演劇上演は、昼間の半野外劇場で行われ、劇場には虚構世界と観客現実が共存した状態、つまり虚構性がむき出しになった状態で行われた。このことは一見、当時のエンターテインメントが、現代のものより未熟であるような印象を与えるかもしれない。しかし、シェイクスピアは、役者の存在感がむき出しになる状況を逆手にとって、ライブ上演の高揚感を高めつつ、現実世界と虚構世界が交錯する不思議な劇世界を生み出したのだ。

ロミオとジュリエットの初めてのやり取り

シェイクスピアが台詞と役者の身体をより密接に絡めている例として、劇を少し遡り、第一幕第五場でロミオとジュリエットが初めて出会った際に交わす言葉を見てみよう。少し長い引用になるが、『ロミオとジュリエット』の中で重要な台詞でもあり、シェイクスピアの台詞の特徴もよく表れている。この引用では、それぞれの台詞の後に日本語訳をつけて意味を確認してみよう。

ROMEO　If I profane with my unworthiest hand (a)
This holy shrine, the gentle sin is this: (b)
My lips, two blushing pilgrims, ready stand (a)
To smooth that rough touch with a tender kiss. (b)

ロミオ　僕の価値なき手がこの聖なる社を
汚したなら、その優しき罪ゆえに、
僕の唇――赤面した二人の巡礼――が
優しいキスで荒い手触りを滑らかに。

JULIET　Good pilgrim, you do wrong your hand too much, (c)
Which mannerly devotion shows in this, (b)
For saints have hands that pilgrims' hands do touch, (c)
And palm to palm is holy palmers' kiss. (b)

ジュリエット　良き巡礼さん、手を悪く言い過ぎです。
きちんとした信心がそう示しています。
聖人には巡礼の手が触れる手があり、
手と手が、聖なる巡礼のキスなのです。

ROMEO　Have not saints lips and holy palmers too? (d)

ロミオ　聖人にも、巡礼にも唇があるのでは？

JULIET　Ay, pilgrim, lips that they must use in prayer. (e)

ジュリエット　はい巡礼さん、祈りのための唇が。

ROMEO　O then, dear saint, let lips do what hands do – (d)
They pray: grant thou, lest faith turn to despair. (e)

ロミオ　では、愛しき聖人、手のすることを唇にも。
唇は祈ります。信仰が絶望にならぬようお認めをと。

JULIET　Saints do not move, though grant for prayers' sake. (f)

ジュリエット　動かずに、祈りを認めるのが聖人です。

ROMEO　Then move not while my prayer's effect I take. (f)

ロミオ　では動かないで、祈りの効用を僕が得る間。

[*kisses her.*]

〔ロミオはジュリエットにキスをする〕

〔後述するように、ここまでで一つの十四行詩となっている。〕

Thus from my lips by thine my sin is purged. (a´)

僕の罪はこの唇から、君の唇で清められた。

JULIET　Then have my lips the sin that they have took. (b´)

ジュリエット　では私の唇はその罪を持ったままに。

ROMEO　Sin from my lips? O trespass sweetly urged! (a´)

ロミオ　Give me my sin again. [*Kisses her.*]
僕の唇からの罪？　ああ甘く咎められた過ち！
返して僕に、その罪を。［ジュリエットにキスをする］

JULIET　You kiss by th' book. (b')
ジュリエット　教則本のようなキスね。

NURSE　Madam, your mother craves a word with you.
乳母　お嬢様、お母さまがお話をと。（第一幕第五場）

はじめの十二行を見てみると、シェイクスピアの台詞に珍しく一行おきに行末でａｂａｂ　ｃｂｃｂ　ｄｅｄｅと脚韻を踏み、次の二行でｆｆと脚韻を踏んでいる。これはソネットと呼ばれる、十四行恋愛詩の形式である。二人は一度ソネットを作った後も、さらに、a'b'a'b'と脚韻を踏み、延々とこの形式を繰り返すかのようである。しかし四行が終わった後で、乳母《うば》の、しかも親についての台詞が介入し、このやり取りは終わってしまう。劇の始まりのプロローグ（前口上）は、〈星に呪われた二人の恋人が両家の争いに巻き込まれ、命を落とす〉と宣言しているので、このソネットの中断は運命的な結末を予感させるものとなっている［運命の表象についてはまた後の節で考察する］。

さて、上演において、こうしたテーマと同等に効果的なのは、台詞の物理的あるいは身体的な特徴である。この台詞では、b／p音・t／d音・tʃ（touchのch部分など）／dʒ（gentleのgなど）音が多く使われているが、これらは両唇や、上前歯の付け根と舌の先で出す、子音である。つまり、キスで使われるような口の部位が自然と引き立つように、あるいはキスの音を彷彿とさせるように、この台詞は書かれているのだ。

さらに重要なのは、役者の手や唇が、ソネットに絡められていることである。ソネットは、本来は文字で楽しむ文学であるが、『ロミオとジュリエット』ではソネットの中で、二人の役者の手と唇が合わされることによって、いわば「立体的な」ソネットが生まれることになる。虚構の台詞と、観客・役者の現実（役者の手やキスは現実世界の事象でもある）が混じり合う、特殊な世界が生まれるのだ。

このソネットのもう一つの重要な特徴は遊びの感覚である。ロミオは自分の唇を「巡礼者」に、ジュリエットを「聖なる社《やしろ》」に喩え、ジュリエットはジュリエットで、ロミオを「巡礼者」に、自分を「聖人」に喩える。最後に二人は「罪」を食事か飲み物のように喩えて、二度目のキスを交わす。ここには、ロミオとジュリエットが「巡礼者」や「聖人」の演技を楽しむ、遊びの感覚がある。

これは、二人が意気投合していることの証とも言えるが、ロミオとジュリエットが、恋心の高まりとともに「演技」を楽しむことによって、「演技」という行為自体の高揚感も強調されている。そして、役者の演技とキャラクターの演技は渾然一体となるがゆえに、現実世界と虚構世界がより深く混じり合った、不思議かつ魅力的な世界が舞台上に展開されることになる。

このように、シェイクスピアは、言葉の修辞や音楽性を工夫するだけでなく、役者・キャラクターの身体や動作も積極的に台詞に絡めたり、キャラクター自体に演技的なふるまいをさせることによって、ライブで演技を行うことの、そしてそれに立ち会うことの楽しさを高めているのである。

劇自体の虚構性を認める台詞

ここまで紹介してきた劇作術の多くは、役者の存在感の強調に関連しているが、シェイクスピアはしばしば、劇の虚構性をより積極的に認めることによっても、ライブ上演を盛り上げている。そもそも劇の虚構性を認めることが、なぜそのような効果を持つのか、疑問に思われるかもしれないが、これは当時の劇場形態と関係している。

先述の通り、劇場内には太陽光が直接差し込み、観客と役者も、観客同士も、互いの姿を確認できた。つまり、舞台上の虚構性は常にむき出しになっており、現代の演劇上演や映画のように、観客は暗闇の中に埋没するわけではない。それゆえに、台詞が、上演に立ち会っているという観客の状況や自意識に言及したり、その事実を認めながら劇を展開したりすることによって、観客の参加意識はより高められることになるのである。

これについても『ロミオとジュリエット』のバルコニーの場面を例にとって見てみよう。この場面は、ロミオとジュリエットによる主観的で甘い台詞に満ちていると誤解されがちだが、シェイクスピアはここでも、劇が虚構であることを認め、観客の意識も取り入れながら場面を進めている。

たとえば、ロミオによるジュリエットの喩え方が挙げられる。ロミオは、五一頁で引用した台詞では、ジュリエットを「太陽」だと述べていたが、実はその三行先ではジュリエットは「月に仕える乙女」に変化し、さらに、この喩えが終わると、その六行先では「天空の星」へ、それが終わると、その四行先では「天使」へと変わる。

これは、キャラクターが言葉を通して劇世界の状況を観客に伝えるという、当時の上演の約束事をパロディ化しているように思われる。シェイクスピアは一方でロミオのロマンティックな視点も示しながら、他方ではその主観性を茶化す客観的視点も用意しているのだ。

具体的にロミオがジュリエットを「天空の星」に喩える台詞を見てみよう。

天の中で最も美しい星が二つ、
用事があるから、戻るまで、自分たちの場所で
輝いてと彼女の目に頼んだんだ。
彼女の目が天に、星が彼女の頭にあればどうなる?
彼女の頬の輝きは、彼らを恥じ入らせるだろう、
陽の光とランプのように。天にある彼女の目は、
大気を通して、まばゆい光を投げかけるから、
鳥も歌い出し、夜ではないと思うだろう。

ここで注目したいのは、〈ジュリエットの目が星の代わりに輝くと、地上が昼のように明るくなって、鳥が歌い出す〉とロミオが想像するくだりだ。観客はこれまでロミオの台詞を聞いて、場面が「夜」だと知り、現実では太陽光の当たる舞台を「夜の世界」として想像してきた。しかしロミオの想像の中で、結局舞台は現実の「昼の世界」に戻ってしまう。この台詞は比喩イメージを「実現」する一方で、言葉で昼を「夜」とする上演の約束事をパロディ化しているのだ。

恋愛というものは極めて主観的な体験であるので、虚構性がむき出しになる演劇では、そ

の感情を共有することは難しい。そこでシェイクスピアは、あえて虚構を壊す表現を通して、客観的な視点を持つ観客が参加できる余白を確保していると言えるだろう。演劇作品が自らの虚構性を認める、こうした自意識的性質は「メタ演劇（的）」と呼ばれることがある。

こうしたメタ演劇的感覚は、ロミオとジュリエットが、自分たちが「夜」の闇の中にいることを執拗《しつよう》に繰り返す台詞にも表れている。これまでの引用例に加えて以下のようなものがある。

ジュリエット　いったい誰？　こんな風に、夜のとばりに隠れ、
わたしの想いを聞くなんて

＊

ロミオ　ぼくには彼らの目から隠れる、夜のマントがある

＊

ジュリエット　知っての通り、わたしは夜の仮面を付けている。
そうでなければ乙女の恥じらいが頬を染めたことでしょう、
今晩わたしが言ったことをあなたに聞かれたのだから

二人のやり取りは実にロマンティックである。しかし同時に、これらの「夜」という語彙の繰り返しによって、役者が演技によって、現実の昼を「夜」としている事実も前面に押し出される。（半）野外劇場での上演では、役者自身もこれらの台詞を述べながら、自分が演技を行っているという事実や、上演の虚構性が強調されていることに気づかないわけにはいかず、その演技は、ある程度、自意識的なものになるであろう。役者がどこか自意識的に演技する、遊びの感覚を通して、シェイクスピアは二人の甘い恋に食傷させることなく、観客にその楽しさを伝えているのだ。

3　シェイクスピア作品の重層性

台本から逃れられない二人の恋人

このようにシェイクスピアは時に、劇の虚構性をあらわにしながら、上演を一つのライブイベントとして盛り上げている。しかし、シェイクスピア作品の特徴は、単なるパロディやドタバタで終わることはなく、悲劇であれ、喜劇であれ、観客に劇世界や現実世界について真剣に考えさせることにある。『ロミオとジュリエット』の場合、劇の虚構を崩すパロディのような箇所には、ロミオとジュリエットの不吉な未来が織り込まれている。

こうした効果を生む大きな要因として、プロローグ（前口上）が挙げられる。先述の通り、作品のはじめに劇団の代表が登場し、〈星に妨げられた二人の恋人が劇の最後に死を迎えること、それによって親の争いが終わること〉を、繰り返し強調する。つまり、二人の死は劇作家や劇団の意向として避けられないことになっており、観客は、劇中、「死」や「運命」といったキーワードが言及される時だけでなく、劇作家や劇団の存在感があらわになる時にも、「二人の死」という劇の結末を思い出すことになる（こうした仕組みの詳細については（桒山二〇〇九）を参照のこと）。

その例の一つが、先に検討した、初対面のロミオとジュリエットが交わすソネットである。先述の通り、二人の悲劇的結末は、二つ目のソネットが乳母に中断されることによって予兆されていた。しかし、即興でソネットを作り上げるという設定が出来すぎていることも、二人の悲劇的運命を暗示している。なぜなら、このような見事なソネットを事前に準備できるのはシェイクスピアという劇作家に他ならず、その劇作家が、二人が最後に死ぬ物語を執筆したことをプロローグがすでに示しているからである。

実は、このプロローグ自体もソネット形式で書かれており、ソネットと劇作家の繋がりも深められている〔シェイクスピアは当時『ソネット集』も執筆していた〕。簡単に言えば、シェイクスピアは、劇作家という自分の立場を、劇世界における「運命」の存在感の源として利用しているのである。

同様のことが、バルコニーの場面でも見られる。たとえば以下の台詞を見てみよう。

ジュリエット　どうやってここに来たの？　教えて。そしてなぜ？
　果樹園の塀は高く、登れないはず。
　あなたが誰かを考えると、私の親戚に見つかれば
　ここは死の場所となる。

ロミオ　愛の軽やかな翼で、この壁を越えてきたんだ。
　石の壁に愛を締め出すことはできない。
　愛はできることを何でも大胆に試みるんだ。

ここでシェイクスピアはジュリエットに〈どうして庭に入って来れたのか〉と尋ねさせ、ロミオには〈愛の軽やかな翼で壁を越えた〉と答えにならない答えをさせている。これは劇のご都合主義的な展開をわざわざ強調し、観客の笑いを誘う趣向だと言えよう。モンタギュ

ー家のロミオが、キャプレット家の邸宅の仕組みをよくわかっているはずがないのに、ジュリエットの部屋の真正面にやってこれたのは、作者がそうしているからなのだ。

しかし、これが単なる「楽屋落ち」や笑いに終わらないのは、「ここは死の場所となる」という不吉な台詞があり、〈二人を引き合わせた「作者」は同時に二人を死にも向かわせている〉という観客の認識も刺激し得るからである。シェイクスピアは、自分が台本を書いているという事実を観客に認めながら、それによって喜劇的に観客を巻き込みつつ、同時に悲劇も展開していくのである。こうした重層的な劇展開はシェイクスピア演劇の持ち味だと言えよう。

同じ人物、事象をさまざまに映し出すシェイクスピア

ではロミオとジュリエットは、単に劇作家によって、あるいは運命によって殺される、哀れな存在なのだろうか。答えは否である。

第一に、この作品では、『マクベス』のように魔女が現れて、ロミオとジュリエットに予言を告げることはなく、実は、劇世界における「運命」の存在を客観的に示す人物や事物はない。プロローグにおいても、シェイクスピアは「運命」という名詞は出さず、「運命的」(fatal)、「星に妨げられた」(star-crossred)や、「不運な」(misadventured)といった曖昧な表現を

使っている。二人の「運命」は、冒頭のプロローグや劇作家の存在感を通して、あくまでも観客の意識の中に生まれるようになっているわけである。

　第二に、二人の死は、運命だけでなく自らの情熱によってもたらされるものとしても描かれている。例として、バルコニーの場面から少し先に進み、第二幕第六場を見てみよう。この場面は、二人の秘密結婚式を執り行うロレンス神父とロミオの以下の会話で始まる。

ロレンス神父　天がこの聖なる行いに微笑んで、
のちに我らを悲しみで咎《とが》めませんように。
ロミオ　アーメン、アーメン。どんな悲しみでも来ればいい。
わずかな時であっても、彼女と会って
喜びを交わせるなら、それに勝るものはない。
聖なる言葉でただ二人の手を結んでください。
その後は愛をむさぼる死が、したいことをすればいい。
彼女をぼくのものと呼べればそれで十分です。
ロレンス神父　そうした激しい歓びは、激しい終わりを迎える。
勝利の中で果てるのだ、火と火薬が

劇中、こうした「死」を絡めたロミオの情熱的な台詞とロレンス神父の叱責《しっせき》は何度も繰り返される。そして実際にロミオは、仮死状態になっているジュリエットを本当に死んでいると思い込んで命を絶ち、覚醒したジュリエットもその事実を目にし、同様に命を絶つ。この展開ゆえに、二人の死が「運命」によるものなのか、情熱の激しさによるものなのか、単純な答えが出ないようになっているのである。

シェイクスピアが、こうした枠組みを確保しているがゆえに、ロミオとジュリエットは血が通った立体的な人物になり、その恋愛は、ロマンティックで、可笑しく、愉しく、せつなく、そして危険な多面体として浮かびあがってくる。そして、観客は劇展開を見守りながら、人間の情熱にはどのような価値があるのか、ロレンス神父の一般論的忠告は正しいのか、あるいは、すべては運命という「台本」に書き込まれていて、「一登場人物」たる人間には選択の余地がないのか、自らの人生観、世界観にも照らして思考することになる。

次の章が扱うラム姉弟の友人に、サミュエル・コールリッジという文人がいる。彼はシェイクスピアを「万の心を持った」（myriad-minded）と評し、さまざまなキャラクターを書き分けたことを高く評価したが、シェイクスピアの魅力は、同じ人物や事象が見る角度によって万華鏡のように変化する多様性にもあると言えよう。

この章を通して見てきたように、シェイクスピア演劇は、観客現実と虚構世界を混交させて、劇上演に立ち会う楽しさを観客に伝えつつ、役者の演技や作者の存在、劇展開といった上演の諸要素を最大限に使いながら、重層的で多面的な世界を描き出し、観客の思考を誘発する。こうした奥行きゆえに、シェイクスピア作品はこれまでさまざまなジャンルの、さまざまな芸術家たちの想像力を引き付け、新たな作品が生み出されてきた。

しかし、このように演劇上演と深い結びつきがあるシェイクスピア作品は、他の芸術ジャンルにおいてどのように引き継がれ、あるいは改変され、新たな創造を生み出してきたのであろうか。続く第2章と第3章ではその具体例として、小説や映画それぞれの歴史の早い時期に活躍したラム姉弟、ローレンス・オリヴィエ、黒澤明といった性質の異なる作家を取り上げ、それぞれが新たなジャンルの中でシェイクスピアの世界をどのように引き継ぎ、変容させていったのか、考察してみたい。

第2章

子供の世界のシェイクスピア——ラム姉弟の『シェイクスピア物語』

廣野由美子

1 ラム姉弟の人生と文学活動

『シェイクスピア物語』の背景

メアリ・ラムとチャールズ・ラムの共作による『シェイクスピア物語』(一八〇七)には、大きな特色が二つある。

第一は、この作品が子供のために書き換えられたシェイクスピアの簡略版であり、児童文学のジャンルに属することだ。当時はまだ、子供のために書かれた本というのは、一般に教訓的で内容の浅いものだったが、『シェイクスピア物語』によって、児童書の文学的・芸術的質は一気に高まった。したがって、ラム姉弟は、イギリス児童文学史上、重要な役割を果たした草分け的存在として、銘記されるべき作家たちなのである。

第二は、ラム姉弟が、本来「劇」の形式で書かれたシェイクスピアの作品を、散文形式に書き改めたことである。つまり、この作品によって、シェイクスピア劇が小説の形に移し換えられたことは、シェイクスピアの翻案化の流れの中で重要な意味を持つ。本章では、これらの二点を中心に考察したい。

しかし、いきなり作品論に入っていくには、この作者たちは、あまりにも興味を引かれる数奇《すうき》な人生を辿っている。『シェイクスピア物語』とラム姉弟の人生とは、決して切り離すことができないと言えるだろう。姉弟はともに精神を病み、特に深刻な病状を繰り返した姉メアリは、母親を刺殺するという重大事件を起こした。精神病院に入れられたメアリを、チャールズは引き取って、東インド会社の会計係を続けながら独身を通す。こうして、強い絆でつながった姉弟の文学活動の一環として生まれてきた作品が、『シェイクスピア物語』なのである。

『エリア随筆』の作者でもあるチャールズは、エッセイの名手としても知られる。他方、姉メアリは、『シェイクスピア物語』の共作者であることよりもむしろ、責任感の強い弟に負担を与え、彼の人生に暗い影を投げかけた病める女性として記憶され、いまだ謎に包まれた人物としての印象が色濃い。

しかし実は、『シェイクスピア物語』の誕生にあたって、より大きな貢献をなしたのは、チャールズよりもむしろメアリであったという事実は意外と知られていない。そもそも、この作品の執筆依頼を受けたのはメアリで、彼女はシェイクスピアの劇作品の中から一五作の物語を書いたのだが途中で行き詰まり、チャールズの助力を請うた結果、彼による悲劇五作が加わったという経緯がある。

もちろん、執筆の分量のみで単純に役割の軽重が判断されるわけではない。おそらく互いの作品について語り合い、頭を寄せ合いながら書かれたであろう本作は、全編にわたって二人の共作であるというのが真実に近いと言えるかもしれない。しかし、それゆえにこそ、メアリの文学的な貢献や才能についてもっと評価すべきであることは確かだと言えるだろう。そこで、本章では、姉弟に同等の光を当てて、『シェイクスピア物語』を再評価することとしたい。

そして、悲劇的な過去を背負いつつともに生きた姉弟たちの人生が、シェイクスピア劇の再話にどのように織り込まれているのか――あるいは、改変されているのか――も、あわせて見ていきたい。そこで、まずは作家たちの伝記と、この物語が生まれるに至った経緯を詳しく紹介することから始めることとする〔以下、ラム姉弟の伝記に関しては、主として Susan Tyler Hitchcock, *Mad Mary Lamb: Lunacy and Murder in Literary London* (2005); Sarah Burton, *A Double Life: A Biography of Charles & Mary Lamb* (2003) を参照した〕。

ラム姉弟の生い立ち

ラム姉弟の父ジョンと母エリザベスは、ともにロンドンのインナー・テンプル法曹学院

〔イギリスの法曹学院（Inns of Court）は、法定弁護士および裁判官の資格を与える独占的特権を持つ協会で、Inner Temple, Middle Temple, Lincoln's Inn, Gray's Inn の四つの建物から成る〕の評議員・法廷弁護士サミュエル・ソールトに仕える使用人だった。ジョンは、執事、公証人、衣装係ほか、さまざまな仕事を務めることにより、ソールトに重んじられ、妻のエリザベスもソールト家の家事を担当していた。

二人の間には七人の子供が生まれたが、そのうち幼児期の後も成長したのは、一七六三年生まれのジョン、一七六四年生まれのメアリ・アン、一七七五年生まれのチャールズの三人だけだった。一家は法律事務所の二階に住み、父ジョンの未婚の姉セアラ・ラムも同居していた。

息子のジョンとチャールズは、貧しい家庭に生まれたにもかかわらず、父の主人ソールトの恩恵により、学校教育を受けることができた。チャールズは、一七八二年、七歳のとき、慈善学校クライスツ・ホスピタル校に入学した。この学校生活の中で、チャールズは、三歳年上だが遅れて入学してきたサミュエル・テイラー・コールリッジ（一七七二〜一八三四）と同級生になったほか、リー・ハント（一七八四〜一八五九）などとも友人になった。

とりわけコールリッジとは、生涯にわたって親密な友好を育むことになり、のちにロマン派詩人として活躍することになった彼を介して、チャールズは、ワーズワースほか、数多くの文壇の人々と知り合うことになったのである。その交流は、チャールズの姉メアリや、ワーズワースの妹ドロシーなども含めて豊かな人間関係へと発展し、ラム姉弟の文学活動を展開していくうえで重要な契機ともなった。

チャールズは、一七八九年、七年間の学校生活を終えて卒業したのち、会計事務所に見習いとして二年ほど勤め、一七九一年に南海会社の社員になり、翌一七九二年に東インド会社の会計係として就職した。

同年、サミュエル・ソールトが亡くなり、ラム一家は住む家とそれまでの収入を失った。ソールトの遺言により、ラム夫妻は七〇〇ポンドを与えられ、一家にも年金が遺されたため、そこからわずかな年収がもたらされたものの、生活は急激に苦しいものとなった。ラム一家はテンプルを出て、ロンドン市内のリトル・クイーン・ストリート地区に引っ越した。

父ジョンは脳卒中により、母エリザベスは関節炎により、ともに身体が不自由になった。長男ジョンは、両親と伯母を含めた年寄り三人の世話をすべて妹弟に任せたきり一人暮らしをしていた。こうして、一家の生計を担うことになったチャールズは、一七歳で就職したときから三〇年間にわたり、東インド会社の会計係を勤めることになった。

一方、家事や家族の世話は、メアリ一人の肩にかかっていた。彼女は歩行困難な母親に常に寄り添い、一人で寝返りさえ打てない母親と同じベッドで寝なければならず、母が寝付いたあとは夜遅くまでマンチュア（婦人用上衣）作りや裁縫の仕事をして家計を助けた。

ラムがコールリッジに宛てた手紙（一七九六年五月二七日付け）によれば、チャールズは一七九五年暮れから一七九六年新年にかけて、六週間にわたり精神病院に入院していたという。断続的に精神を病むという形質が、姉弟ともに共通していたらしいことは、この事実からもうかがわれる。家庭の事情から心身に大きな負担を抱えていたメアリにとっては、弟の精神の病もまた悩みの一部を占めていたであろうことは、じゅうぶん推測できる。

メアリによる母親刺殺事件

事件が起こったのは、一七九六年九月二二日午後のこと。それは、メアリの手伝いを雇うことになり、九歳の少女がラム家にやって来た翌日のことだった。メアリは食卓の準備をするために奉公人を指導していたが、言う通りにしない少女を追いかけている最中に、母親がメアリに向かって叱責の言葉を繰り返し、彼女は咄嗟《とっさ》に手に持っていたナイフで母を刺してしまう。

新聞記事によれば、少女が家主を呼びに行き、家主が駆けつけてみると、夕食の準備中の現場で、窓辺の椅子に座って血まみれになっている母エリザベスは即死し、その脇にナイフを持った娘メアリが放心状態で立っていて、そばにいる父ジョンは、彼女の投げたフォークが当たって、額から血を流して泣いていたという。

間もなくチャールズが現場に駆けつける。彼がコールリッジに宛てた手紙によれば、「可哀想な最愛の姉が、狂気の発作で、自分の母親を死に至らしめてしまっていた。ぼくはすぐに、彼女の手からナイフをもぎ取った」（一七九六年九月二七日付け）という顚末《てんまつ》。「その夜、ぼくは一睡もしなかったが、恐怖も絶望も感じることなく横になっていた」（一七九六年一〇月三日付け）と語っている通り、チャールズは落ち着いて対処したようだ。

翌日、検死官と陪審員が来たときには、メアリはすでに精神病院フィッシャー・ハウスに収容されたあとだった。検死と取り調べが行われた結果、狂気による行為という判定が下され、メアリは法的な罪を問われることはなかった。当時のイギリスの法律では、精神異常者は犯罪を行っても自らの行動の責任を問われなかったのである。

一家の中で殺害事件が起きるという衝撃的な出来事ではあったが、チャールズにとっては、母を失った悲しみよりも、むしろ姉に対する同情心のほうが大きかったようだ。コールリッジ宛ての手紙によれば、「母は、考えも、ものの感じ方も性質も、メアリとはまったく違ったので、娘を理解したことがなく……娘が母への愛情表現をすると、いつも冷たく拒絶していた」という。「メアリのほうが愛される権利があったのに、母は、その十分の一も愛されるる価値のない兄のことをいつも愛していた」（一九七六年一〇月七日付け）と、チャールズはメアリを弁護している。

こうしたチャールズの言葉や、周囲の状況判断などによれば、殺人を犯したにもかかわらず、メアリの行動を責める向きは、現存している記録の範囲にはない。メアリは誰に対しても優しい人柄で、ことに母親に対して愛情深く、両親の病気の介護疲れで気遣いが増していたうえに、手伝いの少女を躾《しつ》けるという役割が加わって、過労が限界に達し、一瞬のうちに狂気の発作を起こしたというのが、一般の見方だったようである。

この事件は、当時の数件の報道記事と、チャールズ自身の手紙を除くと、ほとんど記録に留められず、深い沈黙で覆われている。つまり、当事者だけではなく周囲の知り合いたちも、メアリの犯した行為や病状に関する情報を記録の形に残さないよう、入念に気遣ったということだろう。メアリはその後も、精神病院での入院を断続的に繰り返したが、チャールズが保護者として彼女を引き取り、ともに独身を通して二人暮らしをしながら、親しい人々と交流しつつ、文学活動を続けた。暗いイメージを伴いがちな姉弟ではあるが、姉弟は運命の許すかぎり、ともに自由に生産的に生きたと言えるだろう。

児童文学の世界への参入

ラム姉弟が加わっていた文芸サークルのメンバーの一人に、ウィリアム・ゴドウィン（一七五六〜一八三六）がいた。ここで少し、ゴドウィンについての説明に移ることをお許しいただきたい。ゴドウィンは、『政治的正義に関する考察』（一七九三）の著者として名高い政治学者であるが、『女性の権利の擁護』（一七九二）を著した女権拡張論者メアリ・ウルストンクラフトの夫、そして、『フランケンシュタイン』（一八一八）の作者メアリ・シェリーの父としても知られる。ゴドウィンは、その後、急進的な思想家たちが政府に弾圧されるさまを見るうちに、自らの著作の内容に調整を加えざるをえなくなり、以前ほど読者数を獲得できなくなっていった。

そんなおりゴドウィンは、出版社リチャード・フィリップの勧めにより、『ジェフリー・チョーサー伝』（一八〇三）の執筆に取り組んだ。子供の読者を対象とした市場が拡大していることに目をつけたフィリップは、次にゴドウィンに聖書物語を書くように勧める。これは一八〇二年に、ウィリアム・スコルフィールドというペンネームで出版された。無神論者のゴドウィンにとって、旧約聖書は童話のように感じられ、彼はそこに、同時代の作品では満たされることのなかった、子供の想像力を刺激できる題材を発見する。これをきっかけにゴドウィンは、児童文学の中に新たな活躍の場を見出すようになったのである。

当時ゴドウィンは、妻ウルストンクラフトに先立たれ、幼い娘メアリと、亡妻の連れ子を抱えて、子育てに奮闘していた。彼は、同じく二人の子連れで、未亡人と自称していた近所のメアリ・ジェイン・クレアモントと再婚する。彼女からの熱心な勧めもあって、ゴドウィンは児童文学の執筆・出版・販売に当たる事業を始め、トマス・ホジキンズという事業者名で、「少年少女文庫」（Juvenile Library）を立ち上げた。一八〇五年、その第一巻目として、ゴドウィン（筆名エドワード・バルドウィン）により、三～八歳の子供向けに書かれた『古今寓話集』（*Fables Ancient and Modern*）が刊行される運びとなった。ゴドウィンは、ロンドン市内で書店を開き、子供用の本の販売にも当たった。

かねてより文才で収入を得る道を開拓したいと考えていたラム姉弟は、ゴドウィンのこの事業に間もなく組み込まれていくことになる。チャールズとゴドウィン夫人との不和から、両家の交際はいったん遠のいていたのだが、ラム姉弟にとって執筆の誘いは、収入を得るきっかけとして願ってもないことだった。経済的理由のみならず、その仕事を引き受けることによって同時代の児童文学に対する自らの信念を実地に応用できるという点も、姉弟にとっては大きな魅力

図2-1　29歳のチャールズ・ラム（ウィリアム・ハズリット画、1804年）

であったと考えられる（図2－1）。

当時は、児童文学を教育の手段として位置づけるアンナ・レティシア・バーボールドやセアラ・トゥリマーを中心とする作家たちが絶大な影響力を振っていた。ジョン・ロックやジャン＝ジャック・ルソーは道徳教育の重要性を主張し、ファンタジーやロマンスの要素を否定的に見て、民話やお伽噺《とぎばなし》を嫌った。彼女たちはロックやルソーのこのような考え方を理論的根拠とし、子供の能力に合わせて語や音節、統語を配列したテクストを与えて段階的に読み方を教えるという科学的な方法を導入した。そして、文字が読めるようになった子供たちには、日常的な題材の中に道徳的・宗教的な教訓を含めた読み物を与えることを主張したため、当時普及していた子供用の本は全般的に文学性の乏しいものと言わざるをえなかった。

しかし、コールリッジやワーズワースをはじめとするロマン主義者たちにとっては、当時子供の本において排除されていた想像力や詩的衝動こそ、まさに人間の成長に不可欠のものだった。この考え方に賛同していたラム姉弟は、当時の児童文学の低劣さを嘆かわしい傾向だと痛感していたのである。

一八〇二年に、ラム姉弟が、コールリッジの子供たちのために本を買おうとして、ロンドンにある、一七四三年創業の児童文学専門の出版社・書店ニューベリーを訪ねると、名作『グッディー・トゥー・シューズ』（*Goody Two Shoes*）が絶版になっていたため、彼らは憤慨《ふんがい》する。オリヴァー・ゴールドスミスが書いたとされるこの作品は、苦労した姉弟についての古風な情緒豊かな物語で、メアリが幼い頃に読み、チャールズに読み聞かせた、二人の子供時代の愛読書だったのである。チャールズは、コールリッジ宛ての手紙の中で、次のように述べている。

バーボールド夫人とトゥリマー夫人のくだらない本が山積みにされていました。バーボールド夫人が伝えるような無意味なつまらない知識は、単なる知識という形で子供に与えられるだけです。馬が動物で、ビリーは馬より優れている等々と学んだとき、子供の空っぽな頭は自分の力に対する自惚《うぬぼ》れで満たされるばかりで、荒々しい物語に対する美しい興味を抱かせることはありません。しかし、まだ自分は子供にすぎないと思っているうちから、子供を大人にするのは、まさにそうした興味なのです。(一八〇二年一〇月二三日付け、コールリッジ宛ての手紙)

メアリとチャールズは、当時流行していた児童文学書を、想像力や抒情性、物語の面白さなどに対する子供の欲求を満たしてくれない空疎な本として批判している。ラム姉弟は、子供時代より、親から選別されたり禁じられたりすることなく、古典的な書物を好きなだけ覗いてみることを許され、「荒々しい物語に対する美しい興味」を育まれたおかげで、自分たちが成長できたのだと、実感していたに違いない。

一八〇五年、ゴドウィン夫妻は、チャールズに、伝承童謡「ハートの王と女王」（*The King and Queen of Hearts*）の新しいヴァージョンを書くようにと依頼した。これは、女王がタルトを作り、それを悪漢が盗むさまを描いた物語である。一見、当時好まれた教育的な型に合った話のように見せつつ、チャールズは、ウィットと皮肉の利いた独特の味わいを加えて、原作の教訓を曖昧にすることにより、文学的な深みを添えている。

『シェイクスピア物語』の執筆から刊行まで

一八〇六年、ゴドウィン夫妻は、今度はメアリに「少年少女文庫」用として、子供向けのシェイクスピア物語を散文で書いてほしいと依頼した。シェイクスピアは、文化的知名度という点でも文学的地位という点でも、最高の文学であるばかりでなく、子供に高度な意味で道徳について考えさせるとともに、冒険やロマンス、魔法といった形で想像力を育むうえでも絶好の題材だった。

とはいえ、大人の文学を子供にアクセスできるように改変するという作業は、並大抵の力量では果たすことのできない難行でもあった。メアリがこの仕事を引き受けたことから、当時、精神状態がかなり安定していたのみならず、彼女がすでに作家としての自信と自覚をじゅうぶん備えていたさまがうかがわれる。

早速執筆に着手したメアリの様子を、チャールズはトマス・マニング宛ての手紙で次のように述べている。


メアリはいま、ゴドウィン書店のために、シェイクスピア劇二〇作を、子供用の物語として書いています。姉はすでに六作、つまり、『テンペスト』『冬物語』『夏の夜の夢』『から騒ぎ』『ヴェローナの二紳士』『シンベリーン』を書き終えました。目下『ヴェニスの商人』を書き進めています。ぼくも『オセロ』と『マクベス』を書き終えましたが、悲劇は全部引き受けるつもりです。子供たちに人気のある本になることでしょう。お金にもなります。六〇ギニー入ってきます。ご推測のとおり、これは主としてメアリの仕事です。（一八〇六年五月一〇日付け、トマス・マニング宛ての手紙）

二〇作すべてを引き受けることは、さすがにメアリ一人の手には負えなかったらしく、途中から、チャールズが悲劇五作を引き受けることになったのである。

最終的に、『シェイクスピア物語』は、一八〇七年、「少年少女文庫」から、全五二〇頁の二巻本、銅版画付きで出版された。タイトルページに記された著者名は、チャールズ・ラム一人だった。なぜメアリの名が併記されなかったのかは不明だが、おそらく商業的効果を優先しようとしたゴドウィン夫妻によって、何らかの思惑が働いた結果だろう。そもそも、ゴドウィン夫妻がチャールズにではなくメアリにこの物語の執筆を依頼したのが、いかなる策略によるものだったのかも不明である。

ともかく、メアリは自らの名前の公表を主張することなく、静かに引き下がったようだ。本は発売直後から売れ行きがよく好評だった。『クリティカル・レビュー』（一八〇七年五月）にも、「子供を集中させ、勉強嫌いにさせないために、さまざまな工夫が凝らされ、実に多くの本が出されてきたが、本書は、『ロビンソン・クルーソー』を除けば、まさに最上位を占めるユニークな存在で、これに匹敵するものはほかにないと言ってよい」という称賛の言葉が書かれた。

二年後の一八〇九年には第二版が出た。引き続き版が重ねられ、メアリの名前が最初にタイトルページに現れたのは一八三八年の第七版だった。世界各国で、今日に至るまで版を重ね続けられてきた本書は、文字通り不朽の名著となるに至ったのである。

その後、日本でも、松本恵子《まつもとけいこ》訳（新潮文庫、一九五二）、野上弥生子《のがみやえこ》訳（岩波少年文庫、一九五六）、厨川圭子《くりやがわけいこ》訳（偕成社文庫、一九七九）、矢川澄子《やがわすみこ》訳（岩波少年文庫、二〇〇一）、安藤貞雄《あんどうさだお》訳（岩波文庫、二〇〇八）などが刊行されている。

ラム姉弟のその後

ラム姉弟は、引き続き児童文学に取り組んだ。チャールズは、ホメロスの叙事詩『オデュッセイア』の再話として、『ユリシーズの冒険』（*The Adventures of Ulysses*）を書いた。怪物が人間を貪《むさぼ》り食ったり嘔吐《おうと》したりするといった原作の表現をそのまま伝えようとするチャールズと、子供にとって過激な内容の削除を求めるゴドウィンとの間で、意見の衝突があったが、結局この本は一八〇八年に出版された。

メアリは、再話ではなく少女向けの物語『レスター学園』（*Mrs. Leicester's School*）の創作に取り組んだ。この作品は、学校の女性教師が新入生の一〇歳前後の少女たちに、一人ずつこれまでの経歴を語らせるという形の一〇話から成る物語である。これに似た形式の作品が、当時の児童文学の中に見られないことから、これはメアリのオリジナルな発案によるものであったと考えられる。

メアリは、今回も途中で弟の助力を請い、チャールズによる物語が三話含まれている。チャールズの担当した物語が複雑な文体で書かれ、のちの『エリア随筆』へと発展する兆しを示しているのに対して、メアリによる物語は、少女の声をそのまま生き生きと伝える単純な文体で書かれているうえに、心理分析が一段と鋭いという特色があり、小説へと発展していく萌芽が認められる（廣野二〇二二）。

ゴドウィンは、タイトルページに作者名を記さず、この作品を出版した。この本は好評を博し、一八〇九年に第二版が出て、一八二五年までに九版が重ねられた。コールリッジは──作者が知人メアリであることを知っていたという事情も手伝ったかもしれないが──この作品を「不朽の英文学の宝庫の中でも、豊かな宝石である」として、最大級の称賛を送った。にもかかわらず、この作品が現在ほとんど読まれなくなってしまったのは残念である。

次なるラム姉弟の計画は、子供のための詩集を出すことだった。一八一〇年、二人は共作で『子供のための詩』（*Poetry for Children*）を出版した。表題ページには、「『レスター学園』の作者」とのみ記された。この頃メアリは四〇代半ば、チャールズは三〇代半ばとなり、チャールズの給料に姉弟の著作による収入が加わって経済状態も上昇し、交際のための余裕もできて、二人は精神的にも比較的安定していた。

一八一五年のはじめに婦人用の雑誌として創刊された『英国婦人雑誌』（*The British Lady's Magazine*）の四月号に、メアリは「針仕事について」（"On Needle-work"）というエッセイを、「センプロウニア」という筆名で寄稿した。その中で彼女は、針仕事は専門職とすべきであり、女性は家庭では針仕事を離れて学ぶ時間を持ち、知的向上に務めることが肝要であると主張している。

これは、二〇歳から一〇年近く針仕事に携わった経験を持ち、のちに文学の領域で自らの道を切り開いたメアリによる、穏やかな女権拡張論とも言えるだろう。しかし残念ながら、メアリはこのエッセイを書き終えたあと、疲れが出て発作を起こし、以後しばしば不調を繰り返すようになり、執筆活動がすっかり衰えてしまった。

チャールズのほうは、その後も各種の雑誌への寄稿を続けた。一八二〇年一月、月刊文芸誌『ロンドン・マガジン』(*London Magazine*)がジョン・スコットによって創刊され、チャールズは八月号に「南海会社の思い出」("Recollections of the South Sea House")というエッセイを、「エリア」という筆名で寄稿した。それ以来、彼のエッセイは毎月連載されるようになり、それが集められ、他のエッセイを加えて、『エリア随筆』(一八二三)、『エリア随筆後集』(一八三三)の二冊に収められ、

図2-2　晩年のラム姉弟(フランシス・スティーヴン・ケアリ画、1834年)。59歳のチャールズは、この絵が描かれた年内に死去。70歳のメアリは、その後10年以上生きた。

出版された（図2－2）。

チャールズは、一八二五年、五〇歳で東インド会社を辞職した。彼はエッセイストとして有名人になったが、メアリは弟のエッセイの中で「ブリジッド」という名で時おり登場する存在に留まるようになった。

一八三四年、チャールズは五九歳のとき、散歩中に石につまずいて倒れ、顔の怪我がもとで丹毒《たんどく》にかかり、数日後に死去した。その後メアリは、弟の遺産と東インド会社の年金とで安楽に暮らし、一三年後の一八四七年、八二歳で死去した。

姉弟は精神を病む遺伝的形質を備えていたうえに、メアリによる母親殺害事件という苦しい記憶を長年保ち続けた。使用人の家庭に生まれて中産階級に身分が上昇し、自身よりも階級的に上位の生活レベルの人々に交じって生きたことによるストレスを抱えていたであろうことも、推測に難くない。以上に辿ってきた通り、その生涯は波瀾に満ちたものであったが、姉弟が苦楽をともにしつつ力を合わせて創ったものは、『シェイクスピア物語』の中に見事に結晶化していると言えるだろう。以下、ラム姉弟がいかにシェイクスピア劇を伝授しつつ、独自の作品へと変容させているかを中心に、検討していきたい。

2　劇から物語へ

いかに子供に文学を伝えるか――作品の選別と「序文」

ラム姉弟の『シェイクスピア物語』では、出版者ゴドウィンの依頼により、シェイクスピア劇四〇作のうち、半数の二〇作が取り上げられている。選別にあたっては、もちろんラム姉弟自身の好みも左右しているだろう。また、最初にこの仕事を手がけたのがメアリであったことから、喜劇の割合が大きくなったとも考えられる。母親を殺害したという暗い過去を持つメアリにとって、悲劇的な物語を扱うことが苦痛であったことは想像に難くない。そのため、途中で共作に加わったチャールズが、もっぱら悲劇を担当することになったものとも推測できる。

しかし、ほかにも何らかの選別の基準があったかもしれない。たとえば、『シェイクスピア物語』には、歴史劇一二作のうちのいずれも含まれていない。これらの作品の主人公は、一三世紀のジョン王に始まり、エドワード三世、リチャード二世、ヘンリー四世、ヘンリー五世、ヘンリー六世、リチャード三世、ヘンリー八世といったように、イギリスの歴史上の重要人物である。ラム姉弟は、歴史の知識を子供に与えるという教育的要素よりも、子供の空想力を育むことを優先しようと考えて、これらを敢えて割愛したとも考えられる。ローマ史上の人物を扱った悲劇『ジュリアス・シーザー』や『アントニーとクレオパトラ』も、同様の理由から省かれたのかもしれない。

もとより、大人の世界を描いたシェイクスピアの物語ではあるが、子供には相応しくないとして除外された可能性があるとすれば、『タイタス・アンドロニカス』と『ウィンザーの陽気な女房たち』辺りではないだろうか。

前者は、タイタスの娘が凌辱《りょうじょく》されたうえに舌と両手を切断されたり、タイタスが復讐のために敵の息子を殺して、その肉を料理して敵に食べさせたりするといった内容が含まれ、残虐行為が一段と凄惨《せいさん》であるからだ。また後者は、歴史劇『ヘンリー四世』中の登場人物フォールスタッフが再登場する物語であることに加えて、二人の既婚夫人を誘惑して「寝取り」を企てるという性的モチーフが含まれているため、子供向きではないと考えられた可能性もある。

『シェイクスピア物語』に添えられた「序文」は、次のような書き出しから始まる。

以下の物語は、若い読者がシェイクスピアを学ぶ際に入門書としていただくように、書いたものです。そのため、シェイクスピアの言葉は、できるかぎり原作のまま用いるようにしています。また、シェイクスピアの言葉をつながりのある物語に合う形にするために、何かを付け加えた場合にも、彼が書いた美しい英語の効果がいささかも損なわれることがないよう、言葉選びに細心の注意を払いました。そのため、シェイクスピアの時代以降に英語に加わったような言葉は、できるだけ使用を避けました。（p.3）（以下、『シェイクスピア物語』からの引用は、廣野訳による）

当時、シェイクスピア作品は無韻詩（ブランク・バース）で書かれた戯曲の読み物としてよりも、劇場で演じられるイベントという形で知られることのほうが多かった。したがって、具体的には、舞台上で数時間かけて演じられている一作品を、子供部屋で一時間以内に読める物語に改変することが、ラムの課題だったということになる。当然、原作を短くしなければならないし、そのためには単純化して、子供の興味を保てるようなストーリー仕立てにしなければならない。しかし、その際ラム姉弟が最もこだわったのは、序文で真っ先に挙げているこ とからもうかがわれる通り、原作におけるシェイクスピアの「言葉」だったのである。

したがって、物語では語り手がストーリーをわかりやすく要約して伝えるが、その際、幼稚な言葉遣いで子供に媚びることはなく、シェイクスピアの生の言葉を使用するというわけだ。だから、基本的に『シェイクスピア物語』は、原始的なお伽噺に変質することなく、文学的な美をそのまま留めた原作のダイジェスト版に近いものだと言えるだろう。ラム姉弟の物語が、子供だけでなく、大人にとっても読み応えのあるシェイクスピア入門書足りえている一因は、ここにある。

また、作者は物語のねらいとして、幼い子供にとって読みやすいものにするということだけではなく、若い女性向けに書くことも念頭に置いていたと述べている。というのは、少年たちは比較的早い年齢の頃から大人の蔵書を利用することが許され、シェイクスピアの原作に触れる機会があるのに対して、少女にはそのような機会が閉ざされがちだったからである。この辺りには、女性の知的・情緒的体験を増やしたいというメアリの願望が現れているように思われる。

そして、この物語を読むことで終わるのではなく、子供たちがシェイクスピアに対して興味を持ち、成長したのちに原作の戯曲を読みたいと思うきっかけになってほしいと、作者は望んでいる。「あなたが子供時代にこの物語から得たもの、そして、さらにもっと多くのものを、大人になったとき、本物のシェイクスピア劇から得てほしいと、私は願っています」というメッセージで序文は結ばれている。

他方、序文では、子供にわかりやすく書き改めることは難しかったという率直な感想も漏らされている。では、改変にあたって、ラム姉弟がどのような工夫を凝らしているかを、次に見ていこう。

物語はどのように始まるか――『夏の夜の夢』の冒頭

シェイクスピアの原作では、脇役の対話から始まって、場面が設定され、筋が動き出すという形がとられる場合が多い。たとえば『夏の夜の夢』の第一幕も、アテネの公爵シーシアスの宮廷の場でシーシアスとヒポリタが登場し、二人が対話するところから始まる。あと四日経って新月の日になったら、自分たちの婚礼が執り行われると、二人は話し合っている。そこへ、イジーアスと娘ハーミア、二人の若者ライサンダーとディミートリアスが登場し、まずはイジーアスがシーシアス公爵の前に進み出て訴える。

【原作】

困り果てて参上いたしました。

我が娘ハーミアを告訴する羽目《はめ》に陥りまして。

前へ出なさい、ディミートリアス。閣下《かっか》、

この男には、娘と結婚する許しを与えております。
前へ出なさい、ライサンダー。そして、公爵、
こちらが我が子の心を惑わしております。
（中略）
もしも我が子が御前でも
ディミートリアスとの結婚を拒むなら
どうか由緒あるアテネの特権をお許しいただきたい。
娘は私のものですので、
この男の手に引き渡すのも
死の手に渡すのも、このような場合に叶う国宝に従い
私の意のままだと。
（第一幕第一場〔以下、第2章におけるシェイクスピアの原作からの引用は、松岡和子訳（ちくま文庫）によるが、一部改変を含む場合がある〕）

これを聞いたシーシアスは、ハーミアに向かって、新月までによく考え直すようにと言いわたす。ライサンダーとハーミアを残して一同が退場すると、二人の恋人たちの対話が始まり、

駆け落ちの相談がまとまるに至る。
では、メアリ・ラムは『シェイクスピア物語』において、どのように物語を導入しているだろうか。冒頭部では、語り手が次のように語る。

【ラム版】

昔、アテネ市には、ある法律があった。アテネ市民には、自分が選んだどの男とでも娘を結婚させることができる。もし娘がそれを拒めば、父は法に基づいて娘を死刑に処してもよいというのだ。しかし、自分の娘の死を望む父はあまりいないから、娘が言うことをきかないことがあっても、この法律はめったに、いや、絶対にといっていいくらい、執行されたことはなかった。しかし、アテネ市には、親にそう言って脅される娘はかなりいたようだ。

しかし、一度だけ、イジーアスという名の老人が、本当に、アテネの公爵シーシアス公の前にやって来て、こう訴えたのだ。娘のハーミアに、アテネの名門の若者ディミートリアスと結婚するように命じたのに、別のアテネの若者ライサンダーを愛しているからといって、言うことをきかない。そこで、シーシアス公の裁きによって、この残酷な法律を娘に行使してくださいというのである。

娘のハーミアのほうも、自分が父に従わない訳を訴えた。（中略）シーシアス公は立派な、情け深い人だったが、国法を変えるわけにはいかないので、ハーミアに四日間だけ考え直す猶予を与え、四日経ってもまだディミートリアスとの結婚を拒むのなら、死刑にせざるをえないと言った。

ハーミアは公爵の前から引き下がると、恋人のライサンダーのところへ行き、自分の陥った危機について告げた。（pp. 18–19）

このように、ラム版では、アテネを舞台にいきなり出来事が始まる原作とは違って、「昔、アテネ市には、ある法律があった」という説明から始まり、それにまつわる一つの珍しい事例として、中心人物たちの物語が導入される。文学用語で言うと、物語世界の外にいて、物語世界のことを何でも知っているという特権的な立場に立ち、すべての登場人物を三人称で指し示す「全知の語り手」（omniscient narrator）による三人称形式の語りである。

原作では、脇役シーシアス公とヒポリタが間もなく結婚するという話題から始まることにより、この作品が愛や結婚にまつわる物語であることが予告され、統一的な雰囲気が冒頭で提示される。それに対してラム版では、ヒポリタは登場せず、シーシアスと彼女の結婚という事情は省かれ、同一テーマを対位法的にちりばめるというシェイクスピアがしばしば用いる方法を略すことによって単純化している。「シーシアス公は立派な、情け深い人だったが、国法を変えるわけにはいかない」という解説は、原作のシーシアスの会話から判断されることを語り手が挿入しているのである。

「しかし、自分の娘の死を望む父はあまりいないから、娘が言うことをきかないことがあっても、この法律はめったに、いや、絶対にといっていいくらい、執行されたことはなかった」というコメントは、メアリ・ラムが挿入したものである。ふつう父親は娘を殺したいとは思わない、というコメントを与えて、子供を驚かせまいとする配慮が加わっているようにも見える。あるいは、メアリ自身が家族を殺害したという過去があったので、このような話題に対して神経を尖らせていたのかもしれない。

原作では、シーシアスへの訴えの場では、関係者ディミートリアス、ライサンダーも登場し、それぞれ主張し合って争っている。それに対してラム版では、語り手が状況を要約しているため、イジーアスとシーシアス公が会っている場面に二人の若者の同席はなく（ハーミアがシーシアス公と話しているのが、同一場面かどうかも定かでない）、ハーミアは、シーシアスに指示されたあと、自分からライサンダーを訪ねて相談したという設定に改変されている。そこでは原作でのハーミアとライサンダーの会話の内容が要約され、ライサンダーからの駆け落ちの提案の台詞だけが直接話法となってスポットを当てられている。これにより、子供の読者は、長い対話の中のポイントをつかむことができるようになる。

以上の例でも見たように、ラム版の物語では、「昔々――」式のスタイルから始めて、語り手が状況を簡潔に説明してから、人物を徐々に登場させ、筋をわかりやすく運んでいくという方法がとられている場合が多い。

「じゃじゃ馬」とは誰のことか

次に、もう一例として、『じゃじゃ馬馴らし』の冒頭部を見てみよう。

原作は「序幕」から始まる。スライという男と居酒屋のおかみがけんかをしている。男が酔っ払って道端で寝込んでいるところへ、狩猟帰りの領主とその一行が登場する。領主は悪戯《いたずら》を仕掛けて楽しもうと、スライを屋敷に運び込ませ、この男を殿様扱いにするように従者に命じ、役者たちに愉快な芝居を演じて、スライに見せてやるようにと指示する。

こうして芝居『じゃじゃ馬馴らし』の第一幕の開始となり、パドヴァの広場に訪れたルーセンショーと召使の対話が始まる。そこへ、バプティスタと、その長女キャタリーナと次女ビアンカ、ビアンカの求婚者グレミオーとホーテンショーが登場し、まずバプティスタが次のような台詞を述べる。

【原作】

お二人ともしつこい、いい加減にしてください、
おわかりでしょう、私ははっきり決めたのだ、
つまり、姉娘に夫が見つかるまでは
妹も差し上げない。
お二人のどちらでもいい、もしもキャタリーナがお気に召すなら、
よく存じ上げご昵懇《じっこん》に願っているお二人のことだ、
本人に直接申し込んでも私は一向にかまわない。（第一幕第一場）

これを聞いて、ビアンカの求婚者二人は、キャタリーナのような手強い女性はご免こうむりたい、というような返答をする。この様子を脇で見ていた旅人ルーセンショーもまた、ビアンカに一目惚れする、というような運びになる。

一方、『シェイクスピア物語』では、次のような語りから始まる。

【ラム版】

いいい、じゃじゃ馬キャタリーナは、パドヴァの裕福な金持ちの紳士、バプティスタの長女だ

った。彼女は手に負えない激しい気性の持ち主で、口やかましいがみがみ女なので、パドヴァでは「じゃじゃ馬のキャタリーナ」という名前で知られていた。こんな女性と結婚しようと思う男などは、見つかりそうもなかった。だから、バプティスタは、淑《しと》やかな妹娘ビアンカによい縁談が次々とあっても、長女が片付いたあとでビアンカに存分に求婚してくれたらいいと言い訳して、求婚者たちを待たせていたので、ずいぶん非難されていた。（p. 146〔傍点は筆者による〕）

メアリ・ラムは、原作のように劇の中に劇を仕掛けるという二重の枠組みを設けず、序幕を省いて、シンプルな物語形式にしている。この作品の題名は *The Taming of the Shrew* で、子供にとっては、どのような物語なのか推測がつきにくい。そこでラム版では、題名の **shrew**〔和訳の傍点部。トガリネズミから派生して、がみがみ女、口やかましい女、荒々しい女、じゃじゃ馬の意〕というキーワードを冒頭から出すことによって、**shrew** とはキャタリーナのことだと、すぐさま説明する。そして、この物語が、野性的な彼女が飼いならされた馬のように従順になる話なのだということをほのめかす。題名にある **tame** は「飼いならす／服従させる」という意味である。

　原作では、キャタリーナが「じゃじゃ馬」と呼ばれているという話は、実は、もっと後になって出てくる。第二幕第一場で、キャタリーナの求婚者ペトルーチオが、彼女の父親バプティスタに向かって、彼女が「じゃじゃ馬」だという噂は間違いだと言っていること、第三幕第二場で、結婚式の当日、なかなか花婿が現れないことを嘆くキャタリーナを見て、バプティスタが娘を哀れみ、「お前みたいに気の短いじゃじゃ馬」と呼ぶ箇所、第四幕第一場で、ペトルーチオの従者二人が、キャタリーナが「じゃじゃ馬」であるという噂について会話している箇所などである。しかし、このようにラム版では、タイトルの意味を早めに明かすことによって、状況をわかりやすく説明しようとしていることがうかがわれるのである。

語り手の役割――『リア王』における解説者・進行役

原作の劇は、ト書き以外は台詞のみから成り立っているので、各登場人物の心理は、台詞で直接述べられている言葉を頼りに、読者が推測によって補って理解しなければならない。

たとえば『リア王』の第一幕第一場で、リアが王国を三つに分けるにあたり、娘三人の父に対する想いを順に確認する場面を見てみよう。長女ゴネリル、続いて次女リーガンが、父への愛の深さを強調する。しかし、最後にコーデリアが父から尋ねられると、彼女は「何も」としか答えず、口を閉ざす。父が重ねて問い詰めると、彼女は父を愛し敬《うやま》ってはいるが、もし自分が結婚したら、姉たちのように「お父様だけを愛したりはしません」と答える。

ここでコーデリアは、なぜ父をいらつかせるような飾り気のない言葉しか述べないのだろうか？　原作では、ゴネリルの台詞のあとに、「コーデリアは何と言えば？　愛して、黙っていよう」という彼女の傍白が入る。また、リーガンの台詞のあとにも、「私の愛は口で言うよりずっと重い」という傍白が入っている。そして、父が激怒したとき、「確かに私は、心にもないことをすらすらと言う／滑らかな舌は持ち合わせていません」と言い訳している。これに対して、『シェイクスピア物語』では、次のように、語り手がわかりやすく解説している。

【ラム版】

しかし、コーデリアは、姉たちが口先だけで心にもないことを言っていると知っているので、二人のお世辞に嫌気がさしていたし、そのご機嫌取りの言葉は、ただ、甘言《かんげん》によって年老いた父王の領土を奪い取り、父がまだ生きているうちから、夫とともに統治権を握ってしまおうという魂胆《こんたん》だと見抜いていたので、ただ、こう答えたのだ。（中略）コーデリアは、老いた父を真心から愛していた。いや、姉たちが演技で示したのと同じくらい、深く父を愛していたので、ほかのときであったなら、あんな不愛想に聞こえる言い方ではなく、もっと娘らしい愛情深い言葉で、はっきりそう言ったことだろう。しかし、姉たちがずる賢いお世辞を言って、途方もない褒美にありついたのを見たあとでは、自分にできる最も立派なことは、愛しつつ黙っていることだと思ったのだ。（pp. 109–10）

このようにチャールズ・ラムは、ゴネリルとリーガンの大げさな物言いの意図を——今後の展開でそれが明らかになっていくのだが——この段階で先取りして示し、そのことをコーデリアが早くも見抜いていたものと想定して、彼女の心理状態を解説している。コーデリアは気後れのために物が言えなくなったわけでも、片意地であったわけでもなく、信念に基づいて言葉を選んだのだという解釈を、語り手は示す。つまり、コーデリアは単に初心《うぶ》で口下手な娘なのではなく、物事を見抜く洞察力と、自分の志を貫く意志の強固さを兼ね備えた女性であることを、読者に理解させようとして、語り手はコメントを与えているのである。

のちに二人の娘たちの裏切りによって、リア王は狂気に陥る。原作では、第四幕第七場に、フランス軍の陣営において、忠臣ケント伯と医者の立ち合いのもとで、父娘の再会の場面がある。涙を流すコーデリアを見て、リアは、「お前の姉たちは、／これだけは忘れないが、私にひどい仕打ちをした。／お前にはそうする理由がある、あいつらにはない」と言い、コーデリアは「理由などありません」と否定する。それに続いて、第五幕第一場に切り替わって、ドーヴァー近くのブリテン軍の陣営で、エドマンドとリーガンが登場するという流れになっている。

ラム版では、この箇所は、半ば狂ったリア王が跪《ひざまず》いてコーデリアに許しを求め、コーデリアは父を憎む理由はないと優しく答えて父を介抱するという感動的な場面として、美しく描かれている。そのあと語り手は、「さて、しばらくの間、この老いた王を、親孝行な優しい娘に預けておこう……そして、残酷な姉娘たちについての話に、少しばかり戻ることとしよう」（p. 120）と述べる。このように、ラム版の語り手は、時おり場面転換の際に物語の進行係の役割も果たしているのである。

『マクベス』における人物心理の解説

『マクベス』は残酷な殺戮《さつりく》の物語であると同時に、人間の奥底に潜む野望や恐怖などの心理を鋭く暴き出した作品でもある。チャールズ・ラムは、原作が含んでいる残酷さや醜悪さを決して和らげようとはしない。

原作では、マクベス夫人がダンカン王の殺害計画を前にして戸惑う夫マクベスを焚きつける場面には、自分ならいったんやると誓ったことなら、たとえ自分の乳を吸う可愛い赤ん坊であっても、その「脳味噌を叩き出してみせます」（第一幕第七場）という恐ろしい台詞がある。

マクベス夫人のこの言葉は、ラム版でも、ほぼそのまま忠実に語り手によって伝えられている。また、魔女の大釜の中身（第四幕第一場）は、原作の材料のすべてではないものの、ラム版でもほぼ同じ成分でできている。おぞましいものの中には、原作と同様「赤子の指」というショッキングなものも含まれる。ラムは、グロテスクなものもまた、子供の想像力を育むうえで重要な要素だと考えていたのだろう。

その一方で、ラム版でかなり改変されている部分もある。たとえば、原作では夢遊病になったマクベス夫人が登場し、医者の監視下で、手についた血の染みが取れないと言う場面（第五幕第一場）がある。そのあと、妻の死を知らされたマクベスが、「何もいま、死ななくてもいいものを」と言い、次の有名な台詞が続く。

【原作】

消えろ、消えろ、束の間の灯火《ともしび》！
人生はたかが歩く影、哀れな役者だ、
出番のあいだは舞台で大見得《おおみえ》を切っても
袖へ入ればそれきりだ。（第五幕第五場）

ラム版では、以上の一連の流れが省略され、マクベス夫人の死は、次のような語り手の解説の中に織り込まれている。

【ラム版】

軍勢がマクベスの城に攻めてきていた頃、マクベス王妃が死んだ。王妃はマクベスにとって、悪事をともにする唯一のパートナーであり、夫婦を夜ごと苦しめていた恐ろしい悪夢から一瞬でも逃れるために、マクベスは王妃の胸に顔をうずめたものだった。その王妃が罪への呵責《かしゃく》の念や人々の憎しみに耐え切れず、自らの命を絶ってしまったのだ。マクベスはひとりぼっちになった。誰ひとり彼のことを愛してくれる者も、気遣ってくれる者もなく、悪事を打ち明ける友もいなくなってしまった。(p. 131)

ここで語り手は、妻を失ったマクベスの心理を分析し、その孤独感と寂寥感《せきりょうかん》を、読者の心にひしひしと伝わるように解説している。原作の「人生はたかが歩く影」にすぎないというマクベスの台詞は、人間が死へと向かうはかない存在にすぎないことに思いを馳せた彼の言葉であるが、ラムはこのメッセージを、子供の読者がもう少し成長してから原作を読み、実感として理解できるようになるまで取っておこうと考えたのかもしれない。

原作から消えたものは何か――『ヴェニスの商人』の小箱選びの挿話

先の『マクベス』の例では、ラム版の語り手がどのような解説を行っているかという観点から、原作から改変された部分や、省略された部分があることを指摘した。今度は、特に後者、つまり、原作からどのような箇所が消えているか、という観点を中心に見ていこう。

まず、『ヴェニスの商人』の前半のストーリーを原作に沿って辿ってみたい。第一幕第一場で、バサーニオは友人である商人アントーニオに次のような相談をする。自分は派手な生活のために財産をすっかりなくしてしまったので、借金から解放されるための策として、大きな遺産を相続したベルモントの女性ポーシャと結婚したい。ポーシャは自分に想いを寄せてくれているようなので、自分にも財産さえあれば、彼女のもとに押し寄せる求婚者に勝てそうな気がしている。このような話を打ち明けられたアントーニオは、自分の財産はいま船上にあるため、自分が借金の保証人になろうと申し出る。こうしてバサーニオは、ユダヤ人の金貸しシャイロックから、保証人の身体の肉一ポンドを担保にするという奇妙な条件で金を借り、求婚のための支度をする。（同第三場）。

ポーシャと侍女《じじょ》との会話から、ポーシャの夫選びは、亡くなった父の遺志により、求婚者に金、銀、鉛の三つの箱による運試しによって決められるということがわかる（同第二場）。

一人目の求婚者モロッコ大公は金の箱（「我を選ぶ者、諸人《もろびと》の欲するものを得ん」という銘が刻まれている）を選び、その中から出てきたしゃれこうべと、「輝くもの必ずしも金ならず……」と書かれているものを見て、退場（第二幕第七場）。

二人目のアラゴン大公は銀の箱（「我を選ぶ者、その身にふさわしきものを得ん」と刻まれている）を選び、中から出てきた阿呆の絵を見て、自分に相応しいものが阿呆だと言われたように感じ、退場（第二幕第九場）。三人目のバサーニオは、見かけの美しさは中身とは別物かもしれないと考え、鉛の箱（「我を選ぶ者、持てるものすべてを手放し危険にさらすべし」と刻まれている）を選んで、ポーシャの絵姿を獲得する。こうして、父の遺志により結婚の許可を得ることができたポーシャは、バサーニオの妻となることを、謹《つつし》んで受け入れる（第三幕第二場）。

『シェイクスピア物語』でも、冒頭からこれとほぼ同様の経緯を辿っていくのだが、原作で多くの場面設定を経て披露された三つの箱選びのエピソードが丸ごと省かれている。語り手は、その部分をはしょって、次のようにストーリーをつないでいく。

【ラム版】

バサーニオは、友人アントーニオが、親切にも、命を賭けて金を借りてくれたおかげで、立派なお供を引き連れ、グラシアーノという名前の紳士も同伴して、ベルモントへ

向けて出発した。バサーニオは求婚に成功し、間もなくポーシャは、彼を夫として迎えることに同意した。(pp. 84-85)

メアリ・ラムが、有名な箱選びのエピソードを省いた理由は何だろうか。それは、彼女が、作品に教訓性を含めたくないと考えていたからではないだろうか。もともとこの箱選びのモチーフは、シェイクスピアが発案したものではなく、一四世紀頃に書かれたラテン語の逸話、物語集『ゲスタ・ロマノールム』から借用したもので、もとの物語では、皇帝の息子と結婚するために、少女が同じような箱選びの試練を受けるというものだった(フロイト「小箱選びのモチーフ」より)。

そもそも、三つのものの中から選ばせて、上辺《うわべ》のみで判断することにより中身の貧しさを暴露した者に戒《いまし》めを与えるという挿話は、童話によく見られるパターンである。イソップ寓話の「金の斧銀の斧」を例に挙げてみよう。

木こりが誤って斧を泉に落としてしまったところ、泉の中から、金と銀の二丁の斧を携えた女神が現れ、「おまえが落としたのはこの斧か」と尋ねると、木こりは正直に、自分が落としたのは鉄の斧だと答える。木こりの正直さに感心した女神は、三丁の斧を与えた。この話を聞いた近所の欲張りな木こりは、わざと斧を落とす。女神が現れて同様の質問をすると、木こりは「それが私の斧です」と答えるが、女神は嘘をついた罰に、斧を返さず泉の中に消える。

この話の教訓は、欲張って嘘をつくと、もともと持っていたものまで失うというもので、『ヴェニスの商人』とはニュアンスが異なるが、金と銀、鉛／鉄（輝きのないもの）からいずれかを選ばせることによって相手の人格の中身を試すというパターンは、典型的な教訓話の型に当てはまる。

ただし、原作の箱選びには、単なる教訓を超えた象徴的な意味が含まれているという解釈も可能かもしれない。そもそもバサーニオの結婚の動機に、ポーシャの財産目当てが含まれていたことを考えると、箱選びのエピソードに含まれる教訓が曖昧になってくるからである。

ここでは一例として、フロイトによる解釈を付け加えておこう。フロイトは「小箱選びのモチーフ」という文学論で、精神分析学的なアプローチにより、箱が象徴するのは女性であると指摘する。したがって、この挿話には、一人の男性が三つのタイプの女性のうちから一人を選択するというモチーフが見られるといった、逆転した解釈が生まれる。フロイトは、シェイクスピアの作品では、『リア王』でもこのモチーフが繰り返されているとして、三人の女性のアレゴリー的意味を読み解こうとするのである。

消えた『ハムレット』の独白

シェイクスピアには、誰もが知っている数々の名台詞がある。

たとえば、すでに第1章でも取り上げられたが、『ロミオとジュリエット』で、仇敵《きゅうてき》の一族の男性に恋してしまったと知ったジュリエットが、真夜中にバルコニーに出て、当の相手に立ち聞きされているとも知らず、「ああロミオ、ロミオ、どうしてあなたはロミオなの?」（O Romeo, Romeo, wherefore art thou Romeo?）とつぶやくシーン。この台詞は、ラム版にもそのまま直接話法で書き込まれている。

また、『テンペスト』で、初めて人間を見たミランダが、「ああ、すばらしい新世界！　こういう人たちが住んでいるとは！」（O brave new world, / That has such people in't!）と感嘆の言葉を述べるシーン。この台詞も、new という語は省略されているものの、ラム版にほぼ同じ形で、直接話法のまま書き込まれている。

あるいは、リア王が二人の姉娘たちからひどい仕打ちを受け、王としても父としても尊厳を失ってしまったとき、道化はリアに向かって、彼がもはや「リアの影」（Lear's shadow）でしかないと言う。ラム版でも、the shadow of Lear という風に形は変わっているが、この道化の有名な言葉は、語り手によって間接話法で伝えられる。

このような例からもうかがわれるように、ラムができる限り、シェイクスピアの原文の言葉の味わいや響きを、そのまま読者に伝えようとしているさまがわかる。それだけに、ラム版から消えた名台詞が、いささか気になる。そこで、一例として、『ハムレット』の名台詞、“To be, or not to be, that is the question”がなぜラム版で割愛されたのかについて、考えてみたい。

原作では、最初に喪服姿のハムレットが登場し、独白の中で、立派な父王の死を悼《いた》み、父が亡くなってひと月で、父とは似ても似つかない弟クローディアスと、母が再婚したことを嘆く（第一幕第二場）。ハムレットは父の亡霊に出会い、亡霊の口から、弟クローディアスによって殺されたことを打ち明けられ、復讐を命じられる（第一幕第五場）。その後、気がふれたような様子のハムレットを見て、周囲がその原因を探ろうとする。

第三幕第一場で、王クローディアスと宰相ポローニアスが、ハムレットの悩みの原因がポローニアスの娘オフィーリアへの恋であるのかどうかを確認するために、陰に隠れて、ハムレットとオフィーリアが会っているときの様子を観察しようとする。王妃は、オフィーリアに向かって「オフィーリア、あなたの美しさが／ハムレットの心の乱れの源であってほしい」と言って、場を外す。そこへ登場したハムレットが、例の台詞に始まる独白を続ける。

【原作】

生きるべきか、死ぬべきか、それが問題だ。
どちらが雄々《おお》しい態度だろう、
やみくもな運命の矢弾《やだま》を心の内でひたすら堪《た》え忍《しの》ぶか、
艱難《かんなん》の海に刃《やいば》を向け
それにとどめを刺すか。死ぬ、眠る――
それだけのことだ。眠れば
心の痛みにも、肉体が受け継ぐ
無数の苦しみにもけりがつく。それこそ願ってもない
結末だ。死ぬ、眠る。
眠ればきっと夢を見る――そう、厄介なのはそこだ。
人生のしがらみを振り捨てても
死という眠りの中でどんな夢を見るかわからない。
だから二の足を踏まずにいられない――それを考えるから
辛い人生を長引かせてしまう。（第三幕第一場）

『シェイクスピア物語』では、この部分が省略され、次のように語り手が状況を簡潔にまとめている。

【ラム版】
しかし、ハムレットの病は、王妃が想像していたたやすく治るようなものではなく、もっと重い病だった。ハムレットが目撃した父の亡霊が、いつまでもハムレットの心に取りつき、父の仇《かたき》を討てという厳粛な命令が頭にこびりついて、それを果たすまでは、ハムレットの気は休まることがなかった。（p. 232）

原作の独白は、二通りに読める。一つは、ハムレットが、死ぬことによって生きる苦しみを絶ちたいという誘惑に駆られつつ、死後に眠りが続くことへの戸惑いを示しているという読み方。つまり、これは憂鬱に陥った個人の病的な心理状態を映し出した言葉であると解釈できる。もう一方は、ここに「私」という主語が出てこないので、これを一般的な生死に関する哲学的思考として捉える読み方である。

ラム版の語りでは、前者の解釈がとられている。なぜなら、ハムレットの狂気は、単に表面上装った演技であるに留まらず、過重なストレスによる「心の病」であるというように説明しているからだ。長い独白から生じる多義性には文学的価値があるが、ラムは子供の読者を意識して、ここでは敢えて多重性よりもストーリー性を重視する立場をとったのではないだろうか。

3　メアリの喜劇とチャールズの悲劇

和解と癒しのテーマ(1)――『テンペスト』の場合

本章のはじめに、ラム姉弟の特異な生涯を辿った。そこで最後に、彼ら自身の人生の影響が『シェイクスピア物語』に何らかの形で表れていないかという点について考察を加えておく。もちろん、原作から大幅な改変がなされることはないが、たとえかすかであっても、ラム兄妹独自の色合いで物語が染まっている部分がないかを、確認しておきたい。

たとえば、『テンペスト』は、壮大な神話のようなイメージの作品であるが、メアリ・ラムは、そこにファミリー・ストーリーの色合いを添えようとしているように見える。原作とラム版とを比較してみよう。

原作は、嵐の情景から始まる。ある島に住む老人プロスペローが、魔法の知識によってエアリエルを操り、嵐を引き起こしている。娘のミランダが、荒れ狂っている海を鎮めてほしいと父に頼むと、プロスペローは娘に、過去の話を初めて聞かせる。一二年前、ミラノの大公だったプロスペローは、弟アントーニオの裏切りに遭い、娘ミランダとともに国を追われたという。アントーニオは、ナポリ王アロンゾーと結託して陰謀を企て、朽ち果てた船に父娘を乗せて置き去りにさせたのだが、ゴンザーローという忠臣の計らいにより食糧を得た父娘は、島に流れ着いて、生き延びたのだった。

プロスペローは、いまこそ、かつて自分を陥《おとしい》れた者たちを罰するために、船上の敵たちを嵐で襲ったのだが、その一方で、難破船から逃れてきたナポリ王子ファーディナンドとミランダを引き合わせようともする。初めて人間の男性を目にしたミランダと、美しい彼女に賛嘆するファーディナンドは、たちまち恋に落ち、プロスペローは二人の結婚を許す。最後にプロスペローは、苦しみでまいりきった敵たちを許し、自らも魔術の力を捨てて、ミラノ大公の座に戻っていくことになる。

原作では、ナポリ王はプロスペローに過去の罪を詫びるが、アントーニオはついに悔悛《かいしゅん》に目覚めることはない。アントーニオは、嵐の最中にさえ、ナポリ王の弟セバスチャンに、兄王を殺すようにという悪巧《わるだく》みをもちかけ、最後まで悪辣な人間のまま留まるのである。

プロスペローは、再会したアントーニオに向かって、「おまえは、弟と呼ぶのさえ口が穢《けが》れる／悪党だが、おまえの極悪非道な罪も／赦《ゆる》してやる――ひとつ残らずな。ただし／おれの公国は返してもらう。それだけは力ずくでも／取り戻す」（第五幕第一場）と一方的に言いわたすだけである。

プロスペローがそのように寛大に振る舞ったのは、彼自らが述べている通り、「復讐ではなく、徳を施《ほどこ》すことこそ／尊《とおと》い行為」（同）であると思い至り、今後は魔術を捨てて祈りに救いを求めようと決意し、「祈りは天に達し、神のお慈悲に訴えかけ／すべての罪は赦される」（エピローグ）という高らかな境地に至ったためである。

他方、『シェイクスピア物語』では、ナポリ王の弟セバスチャンは登場せず、アントーニオが王殺しの陰謀を彼に吹き込むという話は省かれている。そして、次のような和解の場面が描かれる。

【ラム版】
アントーニオは涙を流して、心から悲しみ悔やんでいると言って、兄の許しを請うた。ナポリ王も、アントーニオに手を貸してプロスペローを退けたことに対して、深い悔恨《かいこん》の念を示したので、プロスペローは二人を許した。（p. 15）

プロスペローは弟を抱きしめて、弟のことをもう許したと、重ねて言った。そして、自分がミラノ公国から追放されたのも、娘にナポリ女王の位を授けるための、優れた神の思し召《おぼめ》しであって、神はそのために、無人島でわれわれを引き合わせて、王子がミランダを恋するように、仕向けられたのだろうと言った。

プロスペローが弟の気を楽にさせるために、このような優しい言葉をかけると、アントーニオは恥ずかしさと後悔の思いで胸がいっぱいになり、ただ泣くばかりで、口もきけなかった。(p. 16)

＊

アントーニオが悔い改め、兄弟が抱き合い涙を流して和解したという筋書きは、メアリ・ラムが挿入したものである。過去に母を殺害するという取り返しのつかない事件を起こしたメアリにとって、血を分けた者同士が互いに許し合い、真の和解に至ることは、悲願であったに違いない。そうした彼女の切望の痕跡が、この脚色部分に見られるのではないだろうか。

しかしいずれにせよ、自らの思いを超えた神意《しんい》の前に、プロスペローが頭《こうべ》を垂《た》れたという結末の荘厳さは、原作のまま保たれている。メアリの脚色によって、読者の心に癒しを与える独特の美しさが加わることはあっても、その荘厳さが損なわれることはないと言えるだろう。

和解と癒しのテーマ(2)――『お気に召すまま』の場合

和解のテーマに対するメアリ・ラムの思い入れが見られる例を、もう一作挙げておこう。『お気に召すまま』にも、二組の兄弟の不和のストーリーが出てくる。一つは、過去にフレデリック公が兄公爵の領土を横領し、追放された前公爵が数人の忠臣を連れて、アーデンの森にこもってしまったというストーリー。もう一つは、前公爵の友人サー・ローランド亡きあと、長男オリヴァーが父の遺言に逆らって、三男オーランドーを奴隷の境遇に突き落とし、その後も弟に嫉妬して、彼を焼き殺そうと企て、オーランドーがアーデンの森に逃げ込むというストーリーである。

フレデリック公は、兄の娘ロザリンドを、娘シーリアの遊び相手として宮廷に引き留めて養っていた。物語は、仲のよい二人の従姉妹たちが、兄妹を装ってともにアーデンの森を彷徨うというストーリーを中心に展開する。ロザリンドは、宮廷にいたとき、レスリング試合に登場した若者オーランドーに出会い、彼と愛し合うようになるが、森で再会したオーランドーは、ギャニミードと名乗って男装しているロザリンドに気づかない。

ある朝、オーランドーは森の中で地面に横たわっている男を見かけ、大蛇《だいじゃ》が男の首に巻き付き、そばからライオンが男に飛びかかろうとしているのを発見する。男が兄オリヴァーであると気づいたオーランドーは、自分を虐待した兄を見捨てようかと思うが、兄弟愛と生まれつきの優しさから、命がけでライオンと戦い兄を助ける。ラム版では、この出来事が語り手によって伝えられ、次のように続く。

【ラム版】

オーランドーがライオンと戦っている最中に、オリヴァーは目を覚ました。あれほどひどい目に遭わせた弟が、自分の命を危険に晒《さら》してまで、どう猛な野獣から自分を助けようとしてくれている姿を見て、オリヴァーは恥ずかしさと良心の呵責《かしゃく》で胸がいっぱいになった。兄にあるまじき仕打ちを後悔し、オリヴァーは涙を流して、弟にいままでの虐待を詫びた。オーランドーは、兄が悔い改めているのを見て喜び、すぐに兄を許してやった。兄弟は抱き合った。弟を殺すつもりで森へやって来たオリヴァーだったが、それからは、本当に兄らしい愛情で弟を心から慈《いつく》しんだ。(p. 64)

原作では、この場面は直接描かれていない。第四幕第三場で、悔悛したオリヴァーがロザリンドとシーリアの前に姿を現し、この出来事について振り返って伝えるという形になっている。大筋としては、原作とラム版の内容は同じであるが、オリヴァーが弟に詫びたとか、それをすぐに許した弟とともに抱き合ったという表現は、メアリが付け加えたものである。メアリは、憎しみ合う者同士が、和解して抱擁し合うという場面を好み、そこから生じる癒しのテーマを強調しようとしていることが、ここからもうかがわれる。

では、もう一組の兄弟、すなわち前公爵と横領者フレデリック公とのストーリーは、どうなっただろうか。ラム版では、森でオーランドーとロザリンド、オリヴァーとシーリアの結婚式が行われているとき、「思いがけない使者」が到着して、前公爵の領地が元通りに戻ると告げられ、次のように続く。

【ラム版】

横領者の弟公爵は、大軍勢の先頭に立って森へと進撃し、兄を捕らえて、その忠臣ともども虐殺しようと企んだ。しかし、不思議な神の仲裁によって、この悪い弟公爵は心を入れ替えたのである。というのは、荒れた森のはずれまで来ると、ひとりの老僧に出会い、弟公爵はこの隠者と話し込んでいるうちに、すっかり感化されて、悪巧みが心から消え去ったのである。その後は心から悔い改めて、不当な領土を放棄し、余生を修道院で過ごす決心をした。（p. 67）

原作では、この「思いがけない使者」が、ローランド家の次男ジェィキス・ド・ボイスであるという設定になっていて、彼の口を通してフレデリック公からの伝言が告げられる。その内容はラム版とほぼ同じであるが、弟公爵の心がこのように一変したのが、「不思議な神の仲裁」によるものだという説明は、メアリ・ラムが付け加えたものである。つまり、弟公爵の心変わりの不思議さに注釈を与えるため、メアリは、アーデンの森に宿る「神意」に言及したのである。

そして、ラム版における結びには、シーリアが、ロザリンドに心から祝いの言葉を述べたこと、「父が王位を返還したことにより、いまや自分ではなくロザリンドが王位継承者になったわけだが、二人の従姉妹たちの愛は、嫉妬や羨望が入り込む余地のないほど強いものだった」という語り手の言葉が付け加えられる。人々が互いの立場を尊重し、愛で結ばれるという和解と調和のテーマをメアリが追求していることが、ここでもうかがわれる。ことに、血のつながった者同士が堅い心の絆で結ばれることへのメアリの思い入れの強さは、弟チャールズとの関係に根差した彼女自身の実感がこもっていると言えるだろう。

そのほか、『冬物語』『から騒ぎ』『ヴェローナの二紳士』をはじめ、メアリが担当したほとんどの喜劇作品には、このような和解と調和のテーマが通底している。メアリは、自らが求めていた癒しを、シェイクスピア作品の随所に見出していたのかもしれない。

運命と諦念のテーマ(1)――『ハムレット』の最期

一方、チャールズが担当したシェイクスピア悲劇では、いずれも主人公が次々と困難な状況に追い込まれ悲劇的な結末へと向かっていく。もちろん、そこには主人公自身の性格や考え方、行動などが大きく作用している。しかし、主人公を取り巻く状況には、個人が逆らうことのできない「運命」の力が介在しているようにも見えるのである。

ラム版では、人間はその運命を受容するしかないという諦めのような境地が、さらに強調されているように思える。これは、チャールズ自身、姉の犯した殺人事件の不可逆性を痛感していたからではないだろうか。姉を責めず、運命を呪わず、自分の境遇を受け入れてひたむきに生きてきたチャールズであったからこそ、シェイクスピアの悲劇に自らの人生と共鳴し合うものを見出したのではないか。シェイクスピアの悲劇は、多くの人々が殺される血なまぐさい物語であるにもかかわらず、単に残酷な話ではなく、美しい余韻さえ残る物語となっている。チャールズは、そこに強い思い入れを抱いたのではないだろうか。

ラム版の『マクベス』で、マクベス夫妻の殺人鬼としての側面を和らげるかのように、夫人が死んだとき、唯一のパートナーを失ったマクベスの孤独感と悲しみが描き込まれていることについては、すでに見た通りである。ここでは、ハムレットの最期の場面を見てみよう。クローディアスの悪巧みによって、ハムレットはレアティーズとの剣試合で、毒を塗られた刃先の鋭い剣に刺される。事情を知ったハムレットは、同じ剣でクローディアスを刺し殺して復讐を遂げる。ハムレットの死の直前の場面から結末までが、ラム版では次のように語られている。

【ラム版】

やがてハムレットは、息が弱り命が消えていきそうになったので、この惨劇を見守っていた親友ホレイショーのほうを向いた。自分の跡を追って自殺しそうなそぶりを見せていたホレイショーに、ハムレットは、生き残って自分の話を世に伝えてほしいと、息も絶え絶えになりながら頼んだ。ホレイショーは、すべての経緯を知っている立場の者として、必ず正しい報告をすると約束した。これを聞いて満足して、ハムレットの高貴な心臓は止まった。ホレイショーや、そこに居合わせた人々は、涙を流して、この優しい王子の魂を、天使の守護に委ねた。ハムレットは愛情深い優しい王子で、気高い、王子らしい性質ゆえに、たいへん慕われていたので、もし生きていれば、このうえなく立派な申し分のないデンマーク王になっていただろう。(p. 241)

他方、原作では、ハムレットはホレイショーに、自分の死後、自分のことを世に語り伝えて汚名をそそいでほしいと頼むとともに、ノルウェー王子、フォーティンブラスがデンマークの王位を継ぐことになるだろうと予言し、「あとは、沈黙」（第五幕第二場）という言葉を最後に死ぬ。そこへポーランドからの凱旋途上にあったフォーティンブラスが軍勢とともに到着し、ホレイショーの報告を聞いて、ハムレットを丁重に弔《とむら》い、デンマークの王位を継承することになる。このように原作の結末では、死屍《しし》累々《るいるい》たる惨劇の跡が強調され、王位継承という歴史的変遷の中にハムレットの生涯が埋め込まれたような観がある。ハムレットの死は、彼の最後の言葉通り、永遠の「沈黙」という暗黒の中に閉ざされ、色濃い寂寥感を漂わせる。

あわせて、ラム版では省かれているが、原作には、王からイギリスに送られ、海賊に出会って帰還したハムレットが、墓掘り人と会話を交わす場面（第五幕第一場）がある。そこでハムレットは、政治家、法律家、道化など、生前どのような人間であったとしても、頭蓋骨になってしまえばどんな扱いを受けるともしれないと述べ、有為転変《ういてんぺん》を痛感する。この場面と呼応させるなら、ハムレットの死もまた、有為転変の一現象にすぎないという虚しい響きが余韻として残る。

ただし、原作で、ホレイショーの自殺を留めようとする際ハムレットが、「少しでもぼくのことを大事に思うなら／しばらくは天に昇る至福をあきらめてくれ」（第五幕第二場）と述べていることから〔台詞中の、筆者による傍点部分の表現に注意〕、ハムレットが最終的に、死を喜ばしいものとして捉えつつ息を引き取ったという解釈も可能ではある。それに対して、チャールズ・ラムは、先ほどの引用でも見た通り、ハムレットが「満足して（satisfied）」死んだというひと言を、語りの中に書き込んだのである。つまり、無念な思いのみではなく、なすべきことをなして死にゆく満足感を明示することによって、運命を受容する者の姿が醸し出す独特の清涼感を、チャールズは強調しているとも言えるだろう。

そして、ハムレットがいかに愛され惜しまれた人物であったかを称《たた》え、本来、彼こそデンマークの王位を継ぐべき人物であったことを名残惜しげに言い添えて、チャールズは物語を結んでいる。そこには、ハムレットの最期を歴史の流れの中に組み込もうとする冷徹さは見られない。チャールズは、厳しい運命との戦いを終えた一個人としてのハムレットに対して、鎮魂《ちんこん》の想いを込めることにより、物語を完結させずにはいられなかったのではないだろうか。

運命と諦念のテーマ(2)――『オセロ』の転落

では、『オセロ』の結末を見てみよう。ムーア人の将軍オセロは、トルコ討伐のためにキプロス島に駐在中、部下イアーゴーの奸計《かんけい》に陥れられ、妻が副官キャシオーと不貞《ふてい》を働いていると信じ込み、彼女を殺してしまったあと、妻が潔白であったという真相を知る。原作では、事件の現場にヴェニスの貴族ロドヴィーコーが駆けつけ、オセロとイアーゴーを囚人として引き立てて行こうとする。すると、オセロは次の台詞を述べ立てる。

【原作】

しばらく、お発《た》ちになる前にひと言。
私は国家に多少の貢献をし、それは政府も認めている。
そのことはもういい。ただ、どうか、あなたが報告書の中で
この不幸な出来事に触れるとき、ありのままの私を
語っていただきたい。いささかも酌量《しやくりよう》せず、また
悪意によって事を曲げずにお書きください。是非とも、
賢明さには欠けたがあまりにも深く愛した男だったと、
容易に嫉妬に駆られはしないが、たばかられて
前後の見境《みさかい》がつかなくなり、卑《いや》しいインド人のように、
その部族すべてにも代えられない貴重な真珠を
自らの手で投げ捨てた男だったと、その目は

決して涙もろくはなかったが、このたびばかりは
アラビアのゴムの樹から樹液がしたたり落ちるように
とめどなく涙を流したと……（第五幕第二場）

オセロはこの独白のあと、自らを剣で刺し、妻にキスをしてから、息絶える。ロドヴィーコは、オセロの財産の押収とイアーゴーの処刑を命じるとともに、自分は本国に戻って事件を報告すると告げて、幕が閉じられる。

では、ラム版では、この部分がどのように描かれているかを見て、原作と比較してみよう。オセロは、妻を殺したあと、彼女の潔白を知ると（原作通り、キャシオーの出現によってこの真相を知るが、ロドヴィーコーは登場しない）、ただちに自害《じがい》する。オセロが息絶えたあと、ラム版では次のように語られている。

【ラム版】

オセロのこの早まった行為を見た人々は、慄《おのの》き驚いた。オセロはこれまで優れた将軍としての名声を博していたし、妻を深く愛している夫として知られていたからだ。それが、高貴な性質ゆえに、人を疑うことをせず、悪党の罠にはまってしまったのだ。オセ

ロの妻への愛は、賢明なものではなかったが、あまりにも深かった。些細なことでは泣かないオセロだったが、自分の過《あやま》ちを知ったとき、アラビアのゴムの樹から樹液がしたたり落ちるように、彼の男らしい目から涙がこぼれた。オセロが死んだとき、彼の以前の手柄や英雄的な行為が、人々の心に蘇った。(p. 254)

ラム版では、原作におけるオセロの一人称の「自分語り」が、彼を眺める他者たちの視点に移し替えられ、三人称で語られていることがわかる。「あまりにも深く愛した男」「アラビアのゴムの樹から樹液がしたたり落ちるようにとめどなく涙を流した」という表現は、本来、オセロ自身が自己憐憫《じこれんびん》を込めつつ自らを語った言葉であったのだが、彼に同情し、美化する客観的描写の一部となっている。

オセロの犯した過ちに対しては、原作ではオセロ自身が、「前後の見境がつかなくなり」と説明しているのに対し、ラム版では、「高貴な性質ゆえに、人を疑うことをしなかった」という弁明の言葉が付け加えられている。また、将軍としてのオセロの手柄については、原作ではオセロ自身が言い訳のように口にしているが、ラム版では、自然に「人々の心に蘇った」というようになっている。

つまり、チャールズ・ラムは、最後にオセロが優れた将軍であったことを称えることによって、妻を溺愛《できあい》したがゆえに嫉妬に狂った弱い夫としての側面よりも、むしろ、ふとしたはずみで転落してしまった英雄としての側面を強調しようとしたのだろう。それは、チャールズが、オセロに同情の目を注ぎつつ彼の人生に尊厳を与え、人間は内在する弱さという要因のみではなく、外的な運命の力によって転落へと運ばれる可能性があることを強調しようとしたためではないだろうか。

また、原作とラム版とでは、イアーゴーのイメージも、わずかに異なるように見える。イアーゴーは、オセロが自分ではなくキャシオーを副官に任命したことへの立腹、そして、自分の妻エミリアに情を寄せたことがあるのではないかという猜疑心《さいぎしん》から、オセロを憎み、復讐計画を立てる。この点までは両ヴァージョンで一致するのだが、原作のイアーゴーは、ひたすら人間の弱点を暴きたがる悪魔的な人物としてのイメージがより強い。

というのは、原作のイアーゴーは、初めからデズデモーナの貞淑さを疑ってかかっているからだ。彼はヴェニスの紳士ロダリーゴーに向かって、デズデモーナについてこう予言する――「お楽しみがすぎて情欲が下火になると、そいつをもう一度燃え立たせ、新たな食欲を堪能させたくなる……あの女は自分のうら若い繊細な気持ちがペテンにかかったと気づき、吐き気をもよおし、ムーア人を毛嫌いし始める――本性に身の振り方を教わって、次の男に目を向けるしかない」（第二幕第一場）。

そのあと独白でも、「女〔デズデモーナ〕もあいつ〔キャシオー〕に惚れている、これもありうることだし大いに信じられる」（同）と、重ねて本心を明かしている。それゆえ、一時の気まぐれでオセロにのぼせ上がって結婚したデズデモーナが、やがてはムーア人の夫に飽きて美男子キャシオーへ情欲を抱くようになり、ふたたび裏切りを繰り返すだろうという自分の予想を、実現させて楽しみたいという悪辣な動機が、イアーゴーの企みの中には含まれているようにも取れるのだ。

他方、ラム版では、イアーゴーについて次のように説明されている。

【ラム版】

イアーゴーは、ずる賢く、人間性というものを深く研究していた。彼は、人間の心の苦しみは、肉体の苦しみよりもはるかに辛いものだが、中でも嫉妬の苦しみは最も耐え難いものであり、その棘《とげ》の痛みが甚《はなは》だしいことを知っていた。もしオセロを焚きつけてキャシオーに嫉妬を抱くように仕向けることができれば、最高の復讐の筋書きになるし、最後にはキャシオーかオセロか、もしくはその両方が死ぬことになるだろうが、彼はそのどちらでもよかった。（p. 246）

ここでは、イアーゴーの「人間性の研究者」としての特性に触れられていて、一見悪意の塊であるかのような彼に、洞察力のある人間としての側面が付与されている。

イアーゴーはオセロに向かって、「嫉妬に用心してください」という忠告（原作では、嫉妬は「緑色の目をした化け物」（第三幕第三場）という有名な言葉が添えられる）を与えることによって、オセロの心に潜在する嫉妬心を煽《あお》る。しかし、そもそも自分自身がキャシオーやオセロに対する嫉妬によって復讐に駆り立てられていること、したがって、この忠告が自分自身にも返ってくるという皮肉には気づいていない。そして、彼はオセロに嫉妬心を抱かせ、妻デズデモーナとキャシオーの浮気を邪推させることには成功したものの、デズデモーナが本当に夫を裏切るに至るさまを見届けることはできなかった。

つまり、原作におけるイアーゴーの邪悪な思惑は、外れたわけである。悪巧みが暴露されたとき、ロドヴィーコーはイアーゴーを「地獄の悪党」と呼び、「最大限の苦痛を味わい／最大限に命を引き伸ばすような／残酷な刑」（第五幕第二場）に処すことを申し渡す。原作のイアーゴーは、「悪魔」に等しい人間であるゆえに拷問されるのである。それに対して、ラム版では――やはりイアーゴーは最後に厳罰に処せられるが――自らの中に潜む嫉妬を見逃し、自らを破滅に導いた「人間性の研究者」イアーゴー自身の限界と運命の皮肉が、オセロの運命の皮肉とともに、かすかに浮かび上がってくるように思える。

このように、ラム版では、運命に対する想い入れが濃い傾向がある。それは、思想的に体系だった運命論ではなく、むしろ、そうした運命に逆らわず諦めの境地で受け止める「受容」の精神、そしてそれによって癒しを得ようとする姿勢のようなものであると言えるだろう。その点で、チャールズとメアリの精神には一脈通じるところがあったと言えるかもしれない。以上見てきた通り、シェイクスピア劇が散文物語へと改変されたとき、そこには自ずとラム姉弟の人生が織り込まれたのではないだろうか。

散文化されるシェイクスピア

小説には、「語り手」が存在し、語り手の声を通して物語が展開していくが、これは小説というジャンル特有の構造である。『シェイクスピア物語』の世界を支配しているかに見えるこの語り手は、決してシェイクスピア自身ではない。原作には存在しない語り手を考案したのはラムにほかならないからである。ラムが設定した語り手の声というフィルターを通して、子供たちにシェイクスピア文学の粋の部分が伝えられる。それが大人になっても生き続け、私たちはシェイクスピアに対して、ノスタルジックな親しみを抱くのだ。

そして、いつの日か原作に立ち向かったとき、シェイクスピアの真の世界の意外な様相が私たちの前に立ち現れてくる。たとえば、『シェイクスピア物語』では、身分の低い人物や喜劇的な人物は登場しないというのが全般的なルールになっているため（Marchitello, p. 107）、原作の台詞のいかがわしい猥雑《わいざつ》さや、そこから生じるたくましい哄笑《こうしょう》の響きに、私たちは困惑することもある。また、台詞に渦巻くどろどろとした情念や、過剰な言葉に含まれる多層的な意味や遊びなどに、目眩《めまい》に似た衝撃を覚える場合もある。そうした発見が、ラムの『シェイクスピア物語』によって形成された世界観を塗り替えてしまうような、新たな出会いをもたらす場合も、時にはあるだろう。

こうして、一九世紀には、シェイクスピアの作品を散文化する試みが、まずは子供のために単純化した物語という形で行われた。そのほかには、キャラクター小説（character novel）というジャンルも誕生した（Osborne, pp. 114–16）。たとえば、メアリ・ラムとも親交のあったメアリ・カウデン・クラーク（一八〇九～九八）は、『シェイクスピアの女主人公たちの少女時代』（一八五一）という中編小説集を発表し、ポーシャ、デズデモーナ、オフィーリア、ジュリエットをはじめとする一五名の女主人公たちの初期の人生を描いている。

その後も、シェイクスピア作品を改変して小説化を試みる作家は、現代に至るまで少なくない。たとえば『ハムレット』を例にとると、ジョン・アップダイクの『ガートルードとクローディアス』（二〇〇〇）では、原作の物語に至るまでのガートルードの人生や彼女とクローディアスとの関係が濃密に描かれ、レズリー・フィドラーの『ハムレットとのデート』（二〇〇二）では、オフィーリアの一人称の語りによる喜劇仕立ての物語へと大幅に改変されている。

日本でも、クローディアスの自己弁護やハムレットに対する思いを綴った志賀直哉の短編「クローディアスの日記」（一九一二）や、自殺する前のオフィーリアからハムレットへ宛てられた遺書という形を編み出した小林秀雄の「おふえりや遺文」（一九三一）、世継王子であるにもかかわらず不当に遠ざけられた玉座を回復しようとするハムレットの行動・心理を跡付けた大岡昇平の『ハムレット日記』（一九八〇）をはじめ、さまざまな角度から原作の世界に光を当てた試みがある。

舞台上では数時間内に上演される筋の背後に、どのような心理や動機が働いているのか、あるいはそこに至るまでのいかなる経緯が隠されているのか――その詳細を探り、新たな解釈や洞察を加えるために、語りの言葉で肉付けしたいという欲求。原作をもとに、自由に想像力を羽ばたかせて小説にしたいという欲求。シェイクスピア劇は、作家たちをそうした飽くなき欲求へと駆り立てずにはおかない源泉であり、無限の宝庫なのである。

第3章

映画の中のシェイクスピア——『ヘンリー五世』『蜘蛛巣城』

桒山智成

1　ローレンス・オリヴィエの『ヘンリー五世』

シェイクスピアと映画

前章は、初期のシェイクスピアの小説翻案にして、これまでこのジャンルにおいておそらく最も多くの読者に読まれてきた『シェイクスピア物語』を取り上げ、作者のラム姉弟がいかにシェイクスピアの戯曲を小説へと変換したのか、その翻案の手法や背景について検討した。本章では対象となるジャンルを映画（トーキー、発声映画）に変えて、考察を進めたい。

映画翻案は、絵画やバレエなどとは異なり、翻案者が望めばシェイクスピアの台詞をそのまま使いながら物語を展開できるという点で小説翻案と類似している。俳優が台詞を語るという点では、映画は小説と比べ、さらに演劇上演に近いように見える。しかし、第1章で示したように、シェイクスピアの台詞は、役者と同じ時間と空間を共有する半野外劇場の観客のために書かれており、映像と組み合わされる台詞とは異質なものである。

それゆえに、実際のところ、シェイクスピアの台詞をそのまま引き継ぐ映画翻案は興行的には失敗に終わる傾向にある。しかし、シェイクスピアの台詞を使いつつ多くの観客を動員したシェイクスピア映画翻案も、わずかながら存在する。本章で扱う二作品の内の一つ、ローレンス・オリヴィエ監督・主演『ヘンリー五世』(一九四四)は、そうした「シェイクスピア映画」の初めての例である。この作品は原作を半分ほどにカットしたものの、あらすじは大きく変えておらず、台詞は基本的にすべて原作から取られた。ここではオリヴィエのどのような工夫が、シェイクスピアの演劇言語を映画化することに成功したのか、その要因の一端を明らかにしたい。

一方で、原作の台詞を使わない「シェイクスピア映画」の成立も極めて難しい。なぜなら、シェイクスピアの場面と酷似するにもかかわらず、異なる台詞——たとえば現代口語の台詞——が使われると、シェイクスピアの台詞を知りたい観客の欲求には応えられず、あるいは原文を知っている観客には物足りなく感じられたり、パロディのように感じられたりするからだ。

ところが、シェイクスピアの台詞を一切使わず、しかもあらすじも改変したにもかかわらず、戦後イギリスの代表的な舞台演出家ピーター・ホールを含む多数から「これまで最も成功したシェイクスピア映画」と評せられる翻案映画が二〇世紀後半に初めて登場した。それが、黒澤明による『マクベス』の翻案映画、『蜘蛛巣城』(一九五七)である。この映画では舞台設定が、原作の中世スコットランドから日本の戦国時代に移し替えられている。黒澤はまず日本語という「外国語」を使うことによって、原作の演劇の台詞を使わないという選択肢を堂々と選ぶことができたと言えよう。

同じ台詞を使わない以上、『マクベス』と『蜘蛛巣城』の近似性は物語・場面展開に見られるはずである。そこで本章の後半では、この映画がどのように原作の物語を引き継ぎ、あるいは逸脱しているのか、そしてその逸脱によって何を表現しているのか、検討してみたい。シェイクスピアの台詞をそのまま使って初めて興行的に成功した『ヘンリー五世』と、シェイクスピアの台詞をまったく使わずに初めて興行的に成功した『蜘蛛巣城』が、シェイクスピア演劇とどのように向き合い、映画(トーキー・発声映画)という媒体においていかなる新たな表現を生み出したのか、こうした問いに迫ることが本章の目的である。

読書から視覚芸術へ

まず、第1章で見たシェイクスピアの当時の上演から、第2章で扱った『シェイクスピア物語』を経由し、第3章の映画化に至るまで、どのようなシェイクスピア翻案の流れがあるのか、簡単におさえ、その視点からオリヴィエの『ヘンリー五世』の意義を確認してみたい。

一五九〇年頃から一六一〇年頃までに初演されたシェイクスピアの戯曲は、長らく劇場においてのみ受容された。もっとも、シェイクスピアの生前（一五六四〜一六一六）から一部の作品は質の悪い編集状態で出版され（紙のサイズからクォート版と呼ばれる）、没後七年後には劇団の同僚たちによって戯曲全集が出版されている。この全集は一七世紀の終わりまでに三度、重版された（紙のサイズから「フォリオ」と呼ばれる）。しかし、これらには編集者名の記載や、注・解説もなく、キャラクターの所作などを示すト書きも少なかった。

しかし、一八世紀に大きな変化が訪れる。当時を代表する文人たちが名前入りで編集した、解説や注を付け加えた全集版が多数、出版されたのである。その端緒が一七〇九年に出版されたニコラス・ロウ編集の六巻本全集である。シェイクスピアの戯曲は本格的な読書の対象となったと言えよう。この流れに呼応して、読書サークルが作られたり、評論が出版されたりと、読書を通したシェイクスピアの受容文化が盛り上がりを見せる。しかしながら、これらは主に教養や経済力のある人々の活動であり、一般の人々には縁遠い文化であったと言える。

一九世紀には、読書としてのシェイクスピア受容にまた一つ大きな変化が生まれる。第2章で考察した、ラム姉弟による児童向けの『シェイクスピア物語』である。翻案小説とはいえ、時に原作の台詞と同じ表現を使い、あらすじもおおむね引き継いでおり、シェイクスピアの戯曲や注をまだ読めない子供や、戯曲を読み慣れない読者も、劇場に行かずにシェイクスピアの物語に接することができるようになったのである。子供のために書かれたものの、出版当時から現在に至るまで、おそらく多くの大人もこの翻案を通してシェイクスピア作品を受容してきたに違いない。

一方で、文字を読まずとも、見るだけでシェイクスピア作品を楽しむことのできる翻案ジャンルもやはり一八世紀に発展した。シェイクスピアの場面を題材にとった絵画作品である。実はこの端緒も先述の一七〇九年出版の全集にある。この全集では、それぞれの作品の始まりに一枚ずつ版画の挿絵が添えられたのである。さらに後に続く全集版の多くにも、同様の挿絵版画が掲載された。

図3-1 『リチャードを演じるギャリック』

シェイクスピア作品を版画から、キャンバス上の絵画へと大きく発展させたのが、ウィリアム・ホガースである。彼が描いた三点のシェイクスピア絵画の中でも、特に重要な影響力を放ったのが『リチャードを演じるギャリック』(一七四五)であった(図3-1)。その後のシェイクスピア絵画化における大きなイベントとしては、ジョン・ボイデルが企画したシェイクスピア・ギャラリー（一七八九〜一八〇五）が挙げられる。ボイデルは、当時のイングランドを代表する画家たちに、シェイクスピア作品の絵画化を依頼し、特別に建てたギャラリーでそれらを展示し、挿絵付きのシェイクスピア全集（一七九一〜一八〇五）や版画集（一八〇五）も出版したのである。展示された絵画は一七〇点近くにもなった。

このようにして劇場外で、しかも言葉を介さずに、人々はシェイクスピア作品に接することができるようになった。しかしながら、絵画というジャンルの特性から不可避的に、特定の場面の特定の瞬間が題材に選ばれた、あるいは複数の要素が凝縮された作品になっており、受け手は物語の流れを楽しむことはできない。むしろ、こうした絵画は、受け手が原作を知っていて初めて成立すると言える。この事実からは、一八世紀末までにシェイクスピア作品がいかにイングランドの芸術文化の中心に位置していたかがうかがえよう。

さて、ラム姉弟の『シェイクスピア物語』から九〇年ほど歳月が流れた一九世紀末、シェイクスピア受容にふたたび大きな変化が訪れる。シェイクスピア作品のサイレント映画化である。人々は演劇上演以外の場で、視覚的に、そして劇展開に沿って、シェイクスピアの物語を味わえるようになった（もっともこの間「劇場内」の重要な翻案としては同世紀のオペラ翻案、特にヴェルディ作品がある）。この端緒は、当時の代表的なシェイクスピア役者ハーバート・ビアボウム・トゥリーが主演した『ジョン王』（一八九九）であった（図3-2）。この作品は三つの場面から成り立っていたようだが、最終場面の約一分一六秒のみ現存している。

映画という媒体は、一九二七年の『ジャズ・シンガー』の後、音声のついたトーキー（発声映画）に移行するが、この間にシェイクスピア作品を基にしたサイレント映画は二五〇〜三〇〇本も作成された（Buchanan, pp. 1–2）。この人気の要因として、たとえば、シェイクスピアは物語がよく知られており、台詞が発話されないサイレント映画に向いていたこと、大衆の娯楽と思われていたサイレント映画を、いわば「格上げ」する効果があったこと、シェイクスピア作品に現れる超自然のキャラクターや事

図3–2 『ジョン王』

象が、特殊映像による表現の機会を作ったことなどが考えられる（Crowl, p. 4）。一九二〇年代になると二時間にも及ぶシェイクスピア・サイレント映画が作られたが、初期の二〇年間は三〇分に満たないものも多かった。

サイレント映画翻案の中には、アスタ・ニールセン主演、スヴェント・ガーデとハインツ・シャール監督『ハムレット』（日本公開タイトル『女ハムレット』）（一九二〇）のように、現在

でも見応えのある名作がある。しかし、上に挙げた人気の要因からもわかるように、観客が物語をすでに知っていることを前提に作られたものも多かった。また、当時話題になった舞台上演を、同じセットを使って、定点カメラから撮り直したもの、あるいはそれに準ずるものも多く存在した。

売れないトーキー・シェイクスピア

先述の通り一九二七年以降、映画はトーキーへと移行していき、映画においてシェイクスピアの台詞が語られるようになる。一九二九年にサム・テイラー監督『じゃじゃ馬馴らし』〔ただしこの作品はサイレントとしても上映され、原作の台詞は五分の一以下になっている〕、一九三五年にマックス・ラインハルト監督『真夏の夜の夢』、一九三六年にパウル・ツィンナー監督『お気に召すまま』、一九三六年にジョージ・キューカー監督『ロミオとジュリエット』といったように、台詞を語る「シェイクスピア映画」が次々と公開されていく。

これはシェイクスピア翻案の歴史における大きな出来事であった。演劇上演以外の場で、シェイクスピアの台詞が初めて語られるようになったからである。ところが、トーキーとしてのみ上映された『真夏の夜の夢』以降の三作品は、興行面においても批評においても成功を収めなかった。たとえばキューカーの『ロミオとジュリエット』はアメリカの主要映画製作会社MGMによって、原作に忠実な映画化を念頭に、現在の価値で八〇〇〇万ドル以上をかけて作られ（Rosenthal, p. 207）、ジュリエット役には多くのヒット作品に出演した人気女優ノーマ・シアラーを起用した。しかしやはりこれも興行不振に終わる。

この大きな原因は、皮肉にも、映画がトーキーになって使えるようになったシェイクスピアの原文そのものであったように思われる。映画も演劇と同じく「台詞」を使用するので、サイレント映画期に活躍したシェイクスピア作品を取り上げ、俳優に名台詞の数々を語らせれば、ヒットはまちがいない、製作陣はこう考えたはずである。

しかし、第1章で示したように、シェイクスピアの台詞は半野外劇場で観客が上演を見ている状況を念頭に書かれている。これを映画においてそのまま使うと、映像と言葉との間に齟齬《そご》が生まれてしまうのである。

ローレンス・オリヴィエの『ヘンリー五世』登場

こうした中、ローレンス・オリヴィエ（一九〇七～一九八九）が初監督を務めたカラー作品『ヘンリー五世』が一九四四年に公開され、初めて興行的な成功を収める。オリヴィエ自身、自伝『演技について』（一九八六：日本語訳一九八九）において、この成功を以下のように振り返っている。

「これまで一度も劇場へ足を踏み入れたこともない多くの映画の観客にも、理解でき、十分たのし〔むことができた〕。私は新しい観客に、シェイクスピアなんか〈縁もゆかりもない〉と思っていた連中に訴えた。（中略）シェイクスピアが大衆のものになったのである。もはや一握りのエリートのものではない。（中略）〔映画は、〕もし俳優が舞台だけにとどまっていたら聞かせる機会をもたなかった何百万もの人に、ひとりの人間の思想を投射することができる。」（オリヴィエ、二四八〜四九頁。〔〕内は桒山による補足・調整）

オリヴィエが初監督作品にして成功を収めた背景として以下の三つが挙げられよう。第一にオリヴィエは、実際に劇場で活躍していたシェイクスピア役者であり、『ヘンリー五世』の表題役もすでに演じたことがあった。つまり彼は戯曲としての原作の性質をよくわかっていたのである。

第二に、オリヴィエは『ヘンリー五世』以前に多くの映画で主役を演じており、映画製作の現場や映画界の人脈にも通じていた。一九四四年以前の主演作に、ウィリアム・K・ハワード監督の『無敵艦隊』（一九三七）、ウィリアム・ワイラー監督の『嵐が丘』（一九三九）、アルフレッド・ヒッチコック監督の『レベッカ』（一九四〇）、ロバート・Z・レナード監督の

『高慢と偏見』（一九四〇）といった作品がある。さらに、先述のシェイクスピア映画『お気に召すまま』（一九三六）にもオーランドーという主要キャラクターで出演している。オリヴィエはシェイクスピア作品を映画化する難しさを肌で知っていたのである。

第三に、この映画がナチスドイツとの戦争の只中で作られ、公開されたことが挙げられる。そもそも、映画『ヘンリー五世』はイギリス情報省が戦意高揚のためにオリヴィエに製作を依頼した映画なのである。シェイクスピアの原作と同様に、この映画はイングランド王ヘンリー五世がフランス王位の継承権を主張してフランスに侵攻し、勝利するという（大半は史実に基づいた）物語であるが、イギリスで公開される五カ月前、一九四四年六月六日には、イギリス、アメリカをはじめとする連合国がノルマンディー上陸作戦を行い、ナチスドイツ占領下のフランスに侵攻した。ヘンリーが最初に攻めるハーフラーという町もノルマンディー地方にあり（連合国軍が上陸したエリアよりもやや東に位置する）、二つの侵攻には地理的な類似性もある。

台詞が話される空間

では、映画の作り方自体においては、オリヴィエのどのような工夫が効を奏したのだろうか？　端的に言えば、最大の特徴は、シェイクスピアの台詞を映画という媒体に合わせ、

「せりふの響きを現代人の耳に合うようにした」（オリヴィエ、二四八頁）ことにある。

この点で、この映画が、一六〇〇年のグローブ座での『ヘンリー五世』上演の再現映像から始まることの意義は大きい。オリヴィエはこの狙いについても自伝で「映画の観客をシェイクスピアの言葉に馴れさせ（中略）物語が本当に始まる前に観客に、彼らの日常からはみ出た言葉の過剰さを笑わせ」（オリヴィエ、二五一頁）ようとしたと述べている。補足すると、この場面でシェイクスピアの台詞は「笑われる」だけでなく、半野外劇場に戻されたことによって、その「過剰さ」ゆえの魅力や高揚感も、映画観客に伝えられている。

『ヘンリー五世』までのシェイクスピア映画では、舞台上演から始まるものや、原作が舞台上演であることを積極的に認めるものはなかった。むしろどの映画もシェイクスピアの台詞を、あたかも映画用に書かれた台詞であるかのように扱っている。映画の観客に、なぜシェイクスピアの台詞が重厚・過剰であるのか、舞台上演の映像を通してその理由をまず納得させたことは、演劇と映画の違いを体感・熟知していたオリヴィエゆえの、いわゆるコロンブスの卵的発想だったと言えよう。

注目すべきは、オリヴィエが舞台上の様子だけではなく、劇場全体の様子も撮っていることである。シェイクスピアの台詞に対する、当時の観客のカジュアルな反応を映画の観客に見せることで、シェイクスピア作品が民衆を楽しませる娯楽であったこと、それゆえに身構

図3-3　『ヘンリー五世』。手前で語っているのがコーラス。奥に座っているのがシェイクスピアと思しき人物。

える必要もないことを映画内で示している。第1章で見たように、シェイクスピアは観客の視点を強く意識した劇作を行っているが、オリヴィエはまさにそうした姿勢を引き継いでいるのだ。

　オリヴィエがグローブ座のような劇場で上演したことはなかったにもかかわらず、そうした上演での演技の高揚感や観客の活き活きとした反応を描き出したことも特筆に値する。一九四四年当時のシェイクスピアの劇場上演は屋内で照明を使う上演であり、復元されたグローブ座での上演は一九九七年まで待たねばならなかった（偶然か否か、その演目は『ヘンリー五世』である）。イギリスの演劇界がグローブ座を再評価する半世紀以上も前に、オリヴィエはその魅力を理解していたことになる。

　この導入部分でさらに効果的だったのは、短い映像ではあるものの、グローブ座の舞台裏の役者たちの様子も描いていることだ。たとえば、当時ヘンリー五世を演じた役者、おそらく劇団の代表格リチャード・バービッジが、やや緊張した面持《おもも》ちで咳払いをしながら、出番を待っている。しかし、これはバービッジが咳払いをしているようにも、オリヴィエ自身が咳払いしているようにも見える。また、画面をよく見ると、プロンプターの役割を務めているのだろうか、シェイクスピアを彷彿とさせる人物か、そのパロディ的な人物〔一五九九年の時点では三五歳のシェイクスピアにしては歳を取りすぎている〕が、舞台の登退場口近くに座り、大きな台本と照らし合わせながら、上演を見守っている（図3－3）。

これは、第1章において説明した原作の特徴のように、作品世界が虚構であることを認めるメタ的な表現だ。実際に原作『ヘンリー五世』においても、コーラス（説明役）が何度も登場して、観客に、想像力を使って劇世界をともに作ってほしいと要請するメタ的な枠組みが存在する。

たとえばコーラスはプロローグ（前口上）で「われわれの不完全さを想像力で補いください。／一人を一千人に分割し、／想像の軍勢をお作りください」と述べる〔指定のない限り、第3章で参照する『ヘンリー五世』の原文テクストは *King Henry V*, ed. by T. W. Craik, the Arden Shakespeare, the 3rd Series より。ただしオリヴィエが修正した語句がある場合、それを反映している。翻訳はすべて桒山による〕。オリヴィエはこのコーラスを引き継ぐだけでなく舞台裏の映像やシェイクスピアと思しき人物を登場させることによっても、原作が持つ遊びの感覚やその高揚感を映画において蘇らせているのである。

もちろん映像はグローブ座での上演風景に留まらない。全五幕の内、プロローグ、第一幕第一場・第二場、第二幕第一場が終わり、イングランド軍がイングランド南部のサウサンプトンの港に集まる第二幕第二場へと移ると、コーラスの説明が語られる中、映画はスタジオ映像へと移行する。しかしスタジオ映像では、港やフランスの草原といった背景はすべて絵で描かれており、この映画があくまでも虚構の物語であることが示される（図3－4）。ロケ地で撮影された映像はイングランド軍が勝利するアジンコートの戦いのみである。

図3-4 『ヘンリー五世』

この撮影は、アイルランドで八週間かけて、エキストラを含め、七〇〇人ほどの人員を使って行われた。しかし、原作ではアジンコートの戦いの様子は舞台上で描かれないこともあって、ロケ撮影での戦いの映像は一〇分ほど続くにもかかわらず、シェイクスピアの台詞はほとんど語られないか、語られるとしても、それは挿入されたスタジオ映像（背景は絵）においてである。

オリヴィエは、舞台上演→スタジオ撮影→ロケ撮影というように、徐々に空間を変化させていき、アジンコートの戦いでは映画ならではのリアルな表現を行い、作品のクライマックスとしている。その一方で、シェイクスピアの台詞が話される時は、観客の想像力に訴えて劇参加を促す原作上演のあり方を踏襲しているのである。

いかにシェイクスピアの台詞を撮るか?

では、より具体的には、オリヴィエはどのようにシェイクスピアの台詞そのものを扱っているのだろうか? 自伝においてオリヴィエは、『ヘンリー五世』製作時に、それ以前のすべてのシェイクスピア映画を見て、「目と耳とのあいだに、カメラの習性とシェイクスピアの韻文とのあいだに、不一致があるのを感じた」と述べ、両者を一致させるための演出方法を紹介している(オリヴィエ、二五九頁)。その際に失敗例として挙げているのは、ジョージ・キューカー監督の『ロミオとジュリエット』第四幕第三場におけるジュリエットの独白である。

まず、原作『ロミオとジュリエット』の物語展開を確認してみよう(この作品の前半については第1章も参照のこと)。ロミオは、ロレンス神父の導きのもと、ジュリエットと秘密裏に結婚をするが、その後、彼女の従兄を決闘で殺し、ヴェローナの町を追放されてしまう。この結婚を知らないジュリエットの父は、自分が選んだ人物パリスと彼女とを結婚させようとする。

窮地に陥ったジュリエットはロレンス神父に相談する。彼は、ジュリエットに四二時間仮死状態になる薬を与え、ジュリエットが死んだと見なされてキャプレット家の廟《びょう》に安置されたところに、ロレンスから知らせを受けたロミオが密かに迎えにくる、という計画を立てる。

オリヴィエが注目した第四幕第三場の独白において、ジュリエットは、もし薬が効かなければ、あるいは効力が早く消えて廟の中で一人、目が覚めたら、と想像して恐怖に襲われ、最後には、廟の中で従兄ティボルトの死体がロミオを探して動き回るさまを妄想し始める。そして最後の行で、「ロミオ、ロミオ、ロミオ、この薬を／飲みます、あなたのために」("Romeo, Romeo, Romeo, here's a drink. / I drink to thee."〔セカンド・クォート（Q２）版より〕）と述べ、薬を飲み干す。

キューカーはこの独白の始まりでは、ベッドに座るジュリエットの上半身を撮っているが、四四行の独白〔キューカーがこの独白から削除したのはわずか二行のみ〕が進行するにつれて、カメラは彼女の顔に近づき、最後の七行は恐怖を浮かべた表情がクロースアップで大写しになる。オリヴィエは、シェイクスピアが台詞の終わりに「声による大きなクライマックス」を用意しているにもかかわらず、ジュリエット役のシアラーが最後の行を「囁《ささや》かないといけなかった」と指摘し、「シェイクスピアが美辞麗句を使っているときは、カメラを引け。ユーモラスな、あるいは辛辣なせりふのときは、カメラを近づけよ」という方法論を展開している

（オリヴィエ、二五九〜二六一頁）。

実際の映像を確かめると、クロースアップにおいてシアラーは徐々に声量を上げて台詞を述べており、最後の行もさほど声量を落としていない。とはいえ、彼女の表情がクロースアップになる中、内面を描写する長い台詞が叫ばれ続けることで、表現がくどくなっていることは確かだ（図3－5）。その結果、原作以上にジュリエットの錯乱状態が強調され、彼女の孤独や孤立感が十分に観客に伝わらず、共感ないし同情を誘いにくくなっている。

図3–5　『ロミオとジュリエット』

フランコ・ゼフィレッリ監督の『ロミオとジュリエット』（一九六八）やバズ・ラーマン監督の『ロミオ&ジュリエット』（一九九六）は、『ヘンリー五世』や『蜘蛛巣城』と同様に興行的に成功した数少ない「シェイクスピア映画」だが、両者はともにこの独白を大胆に削っている。ゼフィレッリは、この独白をすべて削り、原作第四幕第一場でジュリエットがロレンス神父に述べる"Love give me strength"という一節をここに持ってきて、オリヴィア・ハッセー（ハッシー）演じるジュリエットに「愛よ、私に力を与えて」という意味でこの台詞を語らせ、薬を飲ませている。

ラーマンはこの独白から「もしこの薬がまったく効かなかったら？／私は明朝結婚しなければならないの」という二行のみを取り出し、クレア・デーンズ演じるジュリエットに、鏡に映った自分の顔を見ながらこの台詞を述べさせ、演劇の独白を、鏡を見ながら「自問自答」するというリアリスティックな台詞へと巧みに変えている。その後、母親が入って来て、娘に言葉をかけて去っていくと、ジュリエットは、原作の最後の台詞を簡略化した「ロミオ、あなたのために飲みます」（"Romeo, I drink to thee"）という台詞を述べて、薬を飲み干す。これらの映画では、ジュリエットの内面の動きは単純化され、その結果、精神的に強いジュリエット像が示されていると言えるだろう。

いずれにせよ、これらの作品では、台詞が大幅にカットされることによって、映像的に無理のない場面を作っている。キューカーは原作の台詞をできるだけ多く使って、「忠実な」映画化を目指したが、劇場と同じ効果を出すことは難しく、クロースアップもあいまってこの「忠実さ」がむしろ逆効果になったことは皮肉と言わざるを得ない。

カメラを引くこと

先述の通り、オリヴィエは自伝において、〈シェイクスピアの修辞の効いた台詞では、カメラを引いて声のクライマックスを作る〉という方法論を提示している。さらに、『ヘンリー五世』第一幕第二場のテニスボールの場面や、第三幕第一場のハーフラーの場面において、カメラを引くことで、制限をかけずに声のクライマックスを作ることができたと明かしている。

図3–6 『ヘンリー五世』

前者では、フランス王位継承権を主張するヘンリーに、彼を侮辱するテニスボールがフランス皇太子から届けられる。ヘンリーは王子時代、放蕩《ほうとう》者《もの》であったので、〈王位を引き継いだ後も、たいそうなことは考えずにテニスでも興じておけ〉というメッセージである。すると、ヘンリーは、これから自分はテニスボールではなく砲弾をフランスに打ち込むので、この悪い冗談によって何千人ものフランス人が笑うのではなく、涙を流すことになるだろうと宣言する。

たしかに、この場面で全身が映るフルショットの映像や、よりカメラが引いたロングショットの映像では、オリヴィエは声を張って、朗々と台詞を語っている（図3–6）。とはいえ、これはそもそもグローブ座での上演場面なので、こうした演劇的な台詞回しが自然に響くことは当然とも言える。一方で、オリヴィエが〈声のクライマックス〉を作ったと述べる、もう一つの場面、ハーフラーの戦いはスタジオ撮影であり、劇場上演という設定がない。カメラを引いて、どのようにシェイクスピアの台詞が映画的効果を上げたのか、次の節から詳しく見てみよう。

「もう一度突破口へ」の撮り方

シェイクスピアの原作において、ヘンリー五世はハーフラーという街を攻略する際に三四行の長台詞を述べて自軍を鼓舞する（第三幕第一場）。オリヴィエは全体で原文の行数を半分ほどカットしているが、この長台詞においては、語句を変更した箇所はあるが、一行も削っていない。この事実から、オリヴィエがこの長台詞を重要視していたこと、そしてこれを映像化し得たことへの自信をうかがうことができる。

この場面ではまず、画面奥の隘路《あいろ》から、画面手前の浜辺にイギリス軍の歩兵たちと、白馬に乗ったヘンリーが退却してくる。そこで、馬上のヘンリーは、疲弊した兵士たちに次のように語り始める〔以降、解説で英語の表現に言及する行には、日本語訳とともに英語台詞も掲載する〕。

もう一度、突破口へ、親友諸君、もう一度。

あるいはわれらイングランド人の死体を重ねて、穴をふさげ。（第三幕第一場）

Once more unto the breach, dear friends, once more,
Or close the wall up with our English dead!

最初の「もう一度」（"Once more"）ではヘンリーは正面を向き、画面手前の兵士に語っているが、「突破口へ、親友諸君」（"unto the breach, dear friends"）では画面の右へと動き、フレームアウトする（画面から出ていく）。そして、二度目の「もう一度」（"once more"）で次の画面の左から入ってくると、右へ少し動いた後、また左へと戻り、引用の終わりでそのままフレームアウトする。ヘンリーが右に、左に動く二つの映像は、憔悴《しょうすい》した兵士の中で一人精力的なヘンリーの姿を示すだけでなく、類似した画面の繰り返しが"Once more"「もう一度」という言葉と連動している。

この次の画面は、馬上のヘンリーが前景で正面を向きながら止まると、兵士は彼の周囲に集まり始める。背後に一五人ほど映し出された時点で、ヘンリーはふたたび話し始める。

平和な世では、控えめな物静かさや
謙虚さほど、男に似合うものはない。

だが戦いの旋風が耳元で吹きすさぶ時、
そういう時に真似すべきは虎の動きだ。

ここまでは画面手前正面にいるオリヴィエはカメラのやや下を見ながら、つまり、手前にいると想定される兵士たちを見ながら話している。またこの四行の間に、ヘンリーの背後に集まる兵士の数は増え、その数は三〇人ほどになっている（図3－7）。

図3–7　『ヘンリー五世』

そして、この台詞から最後の三四行目まで、一分三三秒ほどの間、カット・編集がまったく入らない長回し映像になっている。長回しでは、画面内の俳優全員の演技が継続することになるので（特にフィルム撮影ではデジタル撮影以上に撮り直しに費用がかさむ）、演劇上演のような緊張感や臨場感を映画観客に与えることになる。

また、最初の二行では、ウィリアム・ウォルトンがこの映画のために作曲したヒロイックな音楽が背景に流れているが、続く三二行の間は音楽は止められ、音はヘンリーの台詞と、時折かすかに響く波の音だけとなる。この波の音は、兵士が動いた時に響く鎧《よろい》の音とも重なりながら、台詞の意味に合わせて入れられている。この静けさも、シェイクスピアの韻文を聞かせる、演劇的趣向を取り入れた映画表現だと言えよう。

発声と映像の変化

続く台詞と映像の関係も見ていこう。

筋肉を固くし、血を沸き立たせ、
生まれ持った優しさは険《けわ》しい怒りの表情で装え。
目には恐ろしいまなざしを浮かべ、
眼窩《がんか》の奥から覗かせるのだ、まるで真鍮《しんちゅう》の
大砲のように。眉《まゆ》は顰《ひそ》め、目の上に突き出せ、
破壊をもたらす荒海に洗われ、
えぐられた土台に
覆いかぶさる崖のように恐ろしく。
歯を食いしばり、鼻を大きくふくらませ、
息を大きく吸いこみ、気力を高めろ、

その最高点まで。

まずこのシェイクスピアの台詞において注目すべきは、ヘンリーが兵士たちに促していること、つまり、〈筋肉に力を込める、血を沸き立たせる、優しい顔つきを険しい表情で装う、怖い目つきになる、歯を食いしばる、息を大きく吸い込む〉といった行為は、戦いに臨む態度であると同時に、舞台上で役者が行うことのできる演技的行為でもあることだ。劇団を率いる役者の代表が、他の役者たちを鼓舞するようでもあり、舞台上に奇妙なリアリティーが生まれることになる。

さらに、これらは観客もその場で行える所作でもある。それゆえ、当時の上演において、ヘンリー役の役者が、この台詞を語りながら、舞台を囲むように観劇している観客を兵士に見立てた可能性は十分に考えられる。現存するテクストの一つ、ファースト・フォリオ版のト書きでは、「王、エクセター、ベッドフォード、グロスター登場。戦いのラッパの音。ハーフラー攻略のための梯子《はしご》〔を持った兵士たち〕登場」とのみ記載されており、舞台上に大人数の兵士の登場を求めていないからだ。しかし、これは劇場上演だからこそ生まれる効果であり、映画ではこうした効果を求めることは難しい。

そこでオリヴィエが使っているのが、キューカーのジュリエットの撮り方に関連して述べていた「カメラを引く」という演出である。上の引用の「筋肉を固くし」から、カメラは水平方向に後ろに下がっていく。すると、今まで画面に入っていなかった、オリヴィエの前や横にいる兵士の姿が次々と画面に入ってくる。カメラはなめらかにゆっくりとした速度で下がり続け、引用の最後の「その最高点まで」の時点では、画面内の兵士の数は一〇〇人ほどに達している（図3－8）。

図3-8 『ヘンリー五世』

ここには狙いが二つある。第一の狙いは発声に変化をつけることである。台詞の始まりにはオリヴィエは声量を抑制し、兵士ひとりひとりに話しかける印象を作っている。しかし、カメラが下がり始めると、空間が拡大するので、オリヴィエは声量を上げる必然性を得る。つまりオリヴィエは、自分が得意とする演劇的な台詞回しを、映画において堂々と披露する機会へと徐々に移行していくのだ。

第二の狙いは、はじめに全体の兵士の数を観客に示さず、台詞が進むにつれて画面内の聞き手の人数を増やしていくことによって、この演説の求心力が増していることを視覚化することにある。映画観客は画面を見ているだけで、この演説が持つ兵士への影響力を実感できるというわけである。これらの二つの狙いは相乗効果を上げていると言えるだろう。オリヴィエが演劇的な台詞回しを行えば行うほど、聞き手を引き付ける力が増していくことが映像的に示されているのである。

オリヴィエの台詞回し

当時のイギリスの演劇界では、オリヴィエは代表的なシェイクスピア役者であった。つまり、映画『ヘンリー五世』において効果的に表現された、こうした演劇的発声の場面において、観客は劇場に行かねば味わえない当時の最上の台詞回しを、それぞれの町で堪能することができたと言えよう。

オリヴィエの台詞回しの巧みさは、たとえば、台詞のスピードを速めても、あるいは声量を高めても、激しい身体アクションを伴っても、弱強を刻む母音パターンの乱れや、子音の消失がないことに表れている。さらに、この台詞では、左手で馬の制御をしつつ、台詞に合わせて剣を持つ右手も時おり動かし、兵士に語り掛ける顔は上下左右にはっきりと動かしている。しかし、それでいて肩のラインや体幹がまったくブレることがない。そしてこの安定感によって、ずっと激しく動き続ける「口」の存在感が増し、口から放たれた言葉が、多数の兵士に影響を及ぼしていくさまが映像として印象深く表現されている。オリヴィエはこういった身体性を通しても、シェイクスピアが描く〈言葉の力〉を映画の中で再表現しているのである。

オリヴィエの力強い身体表現は台詞の内容とも連動している。まさに、オリヴィエ自身が、上に引用したヘンリーの台詞を体現するように、筋肉を固くし、血を沸き立たせ、優しい顔に険しい表情を浮かべ、鋭い目つきをし、闘志を奮い立たせながら、台詞を語っているからだ。オリヴィエ自身が台詞の内容を実現、実践していくことによっても、この演説は力を得ている。

一九四四年当時の観客は、この映画でオリヴィエが監督と主演の両方を兼ねていることを知っていた（映画通の観客なら彼がプロデューサーでもあり、脚本にも名を連ねていることも知っていたであろう）。彼らは、ヘンリーが兵士を鼓舞する姿と、オリヴィエがエキストラを始め、スタッフ・キャストを鼓舞する姿とを重ねながら、この場面を観たことは想像に難くない。さらに、先述の通り、公開当時のイギリスはナチスドイツとまさに戦っていたので、この現実の文脈において観客はオリヴィエに鼓舞されているように感じたことであろう。

こうした点においても、画面の背景としてハーフラーの街が絵で描かれていることは効いている。この映画が、あくまでも虚構作品であること、つまりオリヴィエが映画を作っているといった現実を、観客に思い起こさせているからだ。

映像の更なる変化

さて、ハーフラーでの演説の後半を見てみよう。後ろに下がっていったカメラは次の台詞で新たな動きを見せる。

進め、進め、高貴なイングランド人。
その血は戦いに負けなかった父親から引き継いだもの。
父親たちはそれぞれがアレキサンダー大王であるかのように
朝から夜までこの地で戦い、
争いがなくなるまで剣を収めはしなかった。
母の名誉を汚すな。証明するのだ、
自分が父と呼ぶ人の子だということを。
卑しい血を持つ男たちの手本となり、
戦い方を教えてやれ。その手足がイングランドで
作られた郷士諸君、君たちの牧草地の

質の良さを見せてやるのだ。

引用三行目の「父親たち」と訳した"Fathers"でオリヴィエは剣を四五度ほど上に掲げる。すると、この辺りから、カメラは徐々に水平方向だけではなく、垂直方向にも上がっていく。カメラの上昇は、台詞が「父」の世代に言及し、視点が現在から過去へと広がったことに対応していると言える。

図3–9 『ヘンリー五世』

より物理的な効果としては、カメラが水平移動していた時以上に兵士の人数が強調され、また、実際に人数は増えていくことが挙げられる。引用最後の「君たちの牧草地の／質の良さを見せてやるのだ」の時点では、ヘンリーは一五〇〇人以上の兵士に囲まれているのだ（図3－9）。

そして空間が広がり、聴衆も増えたことによって、オリヴィエはより声量を強めた発声になり、演説はいっそうの盛り上がりを見せる。また、カメラの上昇に伴い、画面奥に大きな崖がそびえていることが明らかとなり、この空間が、頭上が吹き抜けになった半野外劇場のような閉ざされた場であることも示される。つまり、オリヴィエは演劇上演的な性質をより強めて、観客に映画冒頭のグローブ座上演を彷彿とさせ、演劇的な台詞回しの必然性も高めているのである。その一方で、もちろん演劇上演では、これほど多くの兵士を舞台に乗せることはできず、これほど広い空間を俯瞰的に見せることもできない。本作におけるヘンリー五世の演説は、演劇の要素を取り入れた独自の映画表現となっているのだ。

　この崖には赤茶色の垂直の筋が入っており、これは演説の始まりから写されていた兵士たちの槍とともに、画面の垂直軸を強調し、カメラの上昇と連動している。そして、後ほど引用する演説最終行のクライマックスで、オリヴィエが剣を高く掲げる所作によって、この垂直軸の動きもクライマックスを迎える。

　重要なのは、この垂直の意識はシェイクスピアの原文にもともと書き込まれているということだ。先に引用した「あるいはわれらイングランド人の死体を重ねて、穴をふさげ」（"Or close the wall up with our English dead!" 下線は筆者）、「血を沸き立たせ」（"conjure up the blood"）、「気力を高めろ、／その最高点まで」（"bend up every spirit / To its full height"）という表現には、原文の"**up**"からもわかるように垂直のイメージがある。「眉は顰《ひそ》め、目の上に突き出せ、／破壊をもたらす荒海に洗われ、／えぐられた土台に／覆いかぶさる崖のように恐ろしく」も同様である。

先に引用したように、現存するシェイクスピアの台本のト書きによると、当時の上演では城攻め用の「梯子《はしご》」が舞台に持ち込まれることになっており、台詞が持つ垂直イメージはその「梯子」と呼応しているのだろう。オリヴィエはこのイメージも取り入れながら、カメラの上昇という映画的な演出に書き換えたのだ。

カメラが上へ上り続けると、観客は状況を把握できるようになるが、その視線は、地上にいる兵士の視線と乖離《かいり》しかねない。しかし、続く台詞に合わせた映像において、オリヴィエはさらに新たな趣向を用意している――カメラより高い位置にも兵士たちが現れるのである。

誓って言おう、
君たちはその育ちにふさわしい。私はそれを疑わない。
なぜなら、目に高貴な輝きがない、
いやしく下劣な人間はここにはいないからだ。
よくわかるぞ、みな猟犬のように気がはやり、
駆け出そうと紐を引っ張るのだな。
獲物は動きだした。

強い心に導かれ、突撃しながら、
さあ叫べ、「神のご加護《かご》がハリーとイングランドと
聖ジョージに！」

カメラが上昇していくと、この引用の始まりの「誓って言おう」から、画面左端の背の高い構造物に二、三人の兵士が立って演説を聞いている様子が映し出される。カメラはそのまま動き続け、その構造物は海岸に停泊している船の一部であったことが明らかになる。画面の左端には、マストのロープに立って演説を聞く兵士の姿が大きく映し出されるからだ（図3－10）。

図3–10 『ヘンリー五世』

この演出によって、オリヴィエの声と言葉がカメラの動く先々にまで到達していること、そして、この演説が、広大な空間にひしめくこれほど大人数の聴衆の心を捉えていることが示される。また、カメラが動く先々で兵士がヘンリーを見ていることによって、われわれ観客に、自分たちが離れて状況を見ているのではなく、ヘンリー／オリヴィエに語りかけられていると感じさせる仕掛けになっている。シェイクスピアの時代の演劇上演では、ヘンリー

が観客に直接語りかけることで、観客にイングランド軍に参加しているかのように感じさせることが可能であった。オリヴィエは同様の効果を映画において成し遂げている。

先述の通り、オリヴィエは自伝において「シェイクスピアが美辞麗句を使っているときは、カメラを引け」という方法論を示し、第一幕第二場のテニスボールの場面でもハーフラーの場面でも、カメラを引くことで、のびのびと声を張ることができた旨を述べていた。しかし、上で検証したように、ハーフラーの場面では「声の張り」以上の効果が狙われている。カメラの動きは、台詞の内容に合わせて、そして台詞のクライマックスに向けて観客を徐々に巻き込んでいくために、実に緻密に操作されているのである。

オリヴィエのヘンリー五世とシェイクスピアのヘンリー五世

ハーフラーの演説からもわかるように、オリヴィエはヘンリーを戦場での英雄として描いている。しかし、シェイクスピアの原作の面白さは、ヘンリーの英雄的側面だけでなく、冷酷な言動や、大義とは直接関係のない民衆を戦争へと駆り立てている側面、戦争を国内統治の手段として使っている可能性なども描き入れられていることにある。こうしたヘンリーのネガティブな側面は、一九世紀はじめにウィリアム・ハズリットが注目して以来、現在に至るまで頻繁に指摘されてきた。

無論オリヴィエもこのことを十分に理解しており、ヘンリーの冷酷さや侵略戦争の虚しさが強調される箇所は慎重に省いている。たとえば、降伏しなければ町を破壊し、市民を凌《りょう》辱《じょく》・虐殺するとハーフラー市長を脅す台詞（第三幕第一場）、『ヘンリー四世第二部』で友人であったバードルフが命令に反して盗みを働いたことがわかると、躊躇なく処刑を命じる場面（第三幕第六場）、アジンコートの戦いで、自軍の優勢を守るためにフランス軍捕虜全員の殺害を命令すること（第四幕第六場）、コーラスの最後の台詞において〈ヘンリー五世が得たフランス領土は息子ヘンリー六世の時代になると失われる〉と説明する箇所（第五幕第二場）などが挙げられる。

その一方で、オリヴィエは、王の立場を相対化する台詞も残している。ハーフラーの演説の直後（第三幕第二場）には、原作と同じように、イングランド軍のピストルや小姓といったキャラクターが、できればロンドンに帰ってビールを飲んでいたいと語る。また、アジンコートの戦いの前夜に、一兵卒《いっぺいそつ》として自分の身分を偽ったヘンリーと、兵士ベイツやウィリアムズとの間で交わされるやり取りも残されている。ベイツは、〈できれば戦いから逃げたい、この戦いの大義は王に関わることであり、自分には直接関係がない〉という旨の台詞を述べ、ウィリアムズは、〈戦争の責任は王にあり、戦死した兵士は来世で王を糾弾するだろう〉という旨の台詞を述べるのである。

そしてその後、一人になったヘンリーは、民衆にはわからない王の重責や民衆の気楽さについて独白を語る。オリヴィエはヘンリーを、民衆の気持ちを理解しつつ、自分自身も不安を抱えながら、民衆を鼓舞しながら戦う王として描いている。そして、この緊張感を伴うヘンリーのあり方は、オリヴィエ自身の一貫して緊張感あふれる演技によって、説得力をもって描かれている。こうした演出には、国を挙げてナチスドイツと戦っていたという当時の背景も関係しているのであろう。

さらにオリヴィエはアジンコートの戦いの場面で、台詞は変えずに、映像によって大胆な加筆を行い、原作とは決定的に異なるヘンリー像を作っている。それは、ヘンリー自ら戦場で率先して戦う姿の映像である。シェイクスピアの原作では、両軍の戦いが舞台で描かれないこともあり、ヘンリーがどこまで実際に命をかけて戦っているのか、極めて不明瞭になっている。たとえば第四幕第六場でヘンリーは、従弟ヨークの戦死したさまを叔父エクセターの説明で知る。一方で、オリヴィエは、ヘンリーがフランス軍司令官と一騎打ちを行い、勝利する姿までをも新たに描いているのである。

シェイクスピアの台詞の重層性

オリヴィエは、ヘンリーの冷酷さやフランス侵攻の虚しさを示唆するような台詞を慎重に省いているが、シェイクスピアの皮肉な視点が残っている台詞もある。実はその一例が、上で見たハーフラーでの英雄的な演説である。この台詞でヘンリーは何度も兵士たちを「イングランド人」と呼ぶが、この軍にはフルエリン、ジェイミー、マクモリスといった将校たちがおり、彼らはそれぞれウェールズ人、スコットランド人、アイルランド人である。彼らはどのような気持ちでこれを聞くのだろうか。

さらにこの台詞の力は社会の階層制度とも繋がっている。上で「進め、進め、高貴なイングランド人」と訳した"On, on, you noble English"では、"noble"という語彙が兵士たちの気質を「高貴だ」と称賛しているのか、「貴族たち」に呼びかけているのか、あるいは民衆に「貴族」の気分を味わわせようとしているのかが曖昧になっている。同じような曖昧さは、「なぜなら、目に高貴な輝きがない、／いやしく下劣な人間はここにはいないからだ」("For there is none of you so mean and base / That hath not noble lustre in your eye") にもうかがえる。こうした台詞にはイングランド貴族を中心とする発想が見え隠れしている。

また、「その手足がイングランドで／作られた郷士諸君、君たちの牧草地の／質の良さを見せてやるのだ」という台詞も、「郷士」つまりイングランドの田舎の地主たちを称賛しているようで、彼らを家畜のように捉えているふしがある。実際に、演説の終盤にはヘンリーは兵士たちを「猟犬」に見喩えている。

そして、最後に神の加護を祈る対象となる存在は、〈王とイングランド、そしてイングランドの守護聖人〉であり、兵士たちではない。ヘンリーの台詞には、観客の闘争心や愛国心を鼓舞する勢いがある一方で、冷静に読めば、いわゆる「上から目線」を秘めつつ民衆を戦いへと駆り立てる上層階級のレトリックも立ち現れてくる。シェイクスピアは娯楽を観客に用意する一方で、同時に観客に戦争や政治についての思考へと誘《いざな》っているのだ。

しかし、こうした二重性は、装置や背景幕などを作り込まず、観客の自由な解釈を許容する半野外劇場の上演において十全な力を発揮する表現であり、映画や屋内照明劇場での上演ではヘンリー五世をポジティブに表象するか、あるいはネガティブに表象するか、その選択を迫られることが多い。この点を鑑《かんが》みると、オリヴィエの演出は善処していると言えるかもしれない。印象操作的にカメラは使われているが、「英雄的」な台詞において観客の受け取り方を誘導する背景音楽は使われておらず、指導者の言葉の力とその危険性を観客に考えさせる余地もわずかながら残されている。

とはいえ、全体的にはオリヴィエの『ヘンリー五世』ではシェイクスピアの重層的視点は薄くなっている。ここにはこの作品がイギリス情報省から戦時中に依頼された映画であるという制約もあるのだろう。結局のところ、芸術作品には程度の差こそあれ、当然、発表当時の社会情勢や文脈に回収される側面があり、本作にはそうした傾向が強いことは否定できない。

しかし一方で、この作品が映画史上初めて、シェイクスピアの台詞の求心力、イメージの豊かさ、遊び心を映画の中で十全に引き出したことは偉大な達成と言わざるを得ない。そして、『ヘンリー五世』の四年後、オリヴィエは『ハムレット』（一九四八）を映画化し、アカデミー作品賞、主演男優賞等を受賞するなど、ふたたび成功を収めることになる（この作品に関しては（桒山二〇一九）を参照のこと）。オリヴィエは映画におけるシェイクスピア作品の可能性を初めて切り開いたのである。

2　黒澤明の『蜘蛛巣城』

本章の冒頭でも示したように、後半で取り上げる作品は、黒澤明監督『蜘蛛巣城』（一九五七）である。この作品はシェイクスピアの『マクベス』（一六〇六）の翻案映画だが、台詞として原文やその翻訳は使われておらず、あらすじの変更点も多い。

しかし、映画監督グリゴリー・コージンツェフ（Kozintsev, p. 29）や演出家ピーター・ホール（Hall, *The Sunday Times*）に〈最も成功したシェイクスピア映画〉と見なされており、ロジヤー・マンヴェル（マンヴェル、一五二頁）やハロルド・ブルーム（Bloom, p. 519）など同様の評価を与える批評家も多い。トーキー（発声映画）が始まって以来、『蜘蛛巣城』は、シェイクスピアの台詞を使わずに高い評価を受け、興行的にも成功した初めての「シェイクスピア映画」だと言える。

ではこの成功の源はどこにあるのだろうか？　黒澤はシェイクスピアの『マクベス』をどのように引き継ぎ、あるいは逸脱し、何を追加したのだろうか？　こうした問いを、作品を前半と後半に分け、原作と照らし合わせながら考えてみたい。

『マクベス』前半のあらすじと特徴

まず原作の『マクベス』の前半の展開を見てみよう。

＊

舞台は中世スコットランド。コーダーの領主がダンカン王に対して反乱を起こし、やがてこの反乱を手助けしていたノルウェー軍も攻め入ってくる。これを鎮圧したのが、ダンカン王に仕えるマクベスとバンクォーである。王のもとに向かう中、二人は三人の魔女に出会う。魔女たちは〈マクベスはまずコーダーの領主になり、次に王になる〉、〈バンクォーは王にはなれないが、子孫が王になる〉と予言して去る。そこにダンカン王からの使者が現れ、王がマクベスをコーダーの領主に新たに任じたと告げる。マクベスは予言の成就に困惑しつつ、王座への不穏な野心が心に芽生えるのを感じる。

ダンカン王は彼らをねぎらったあと、次の王位継承者を王子マルコムにすることを宣言し、反乱鎮圧を祝してマクベスの城に逗留《とうりゅう》することにする。一方、手紙によって魔女の予言について知ったマクベス夫人は王座への野心と王殺害の想像を膨らませ、帰ってきた夫を説得する。その夜、マクベスは良心の呵責《かしゃく》に苦しみ、殺害計画を中止しようと夫人に述べる。夫人は〈一度決めたことをしないなら、あなたは男ではない、自分への愛もその程度だと受け取る〉と彼を責めたて、殺害は護衛の犯行に仕立てあげればいいと提案すると、マクベスは殺害を決意する。

暗殺実行の時が近づく。するとマクベスの前に、触れることのできない幻の短剣が現れ、彼はそれに導かれるようにして王の寝室へと向かう。殺害後、夫婦は忠臣の演技で周囲を欺く。危険を察知した王子マルコムはイングランドに、弟の王子ドナルベインはアイルランドに逃げ、マクベスが王位に就く。

＊

『マクベス』前半の最大の魅力はマクベスと観客との親密さにある。両者ともに魔女の正体や真意はわからない——つまり両者に情報量の差がない。そのような状況で、マクベスは、観客のみが聞くことのできる独白や脇台詞《わきぜりふ》において、王殺しを思い描いては、壮大なイメージでそれを打ち消す。こうした思考の流れゆえに、観客はマクベスに共感しつつ、そのイメージの世界に浸ることになる。

マクベスが幻の短剣に導かれる際には、これが超常現象なのか、本人の精神状態が乱れているせいなのか、観客にも当のマクベスにもわからない。一方で、王殺害後に舞台に登場したとき、マクベスは自分自身の罪に驚愕している。善悪の判断を持っていたマクベスが、観客の目の前であっという間に罪人・悪人へと堕ちていき、自分自身でその姿を激しく嫌悪する、その姿は観客の哀れみを誘わざるを得ない。

短剣のエピソードからわかるように、マクベスの行為が魔女などの超自然の存在に影響されたものなのか、自由意志に基づくものなのか、両方の解釈が可能になっている。その結果、たとえば、人間はどこまで自分の意思で未来を切り開くことができるのか、あるいは、いかにたやすく人間は言葉によって欲望を刺激され、悪へと陥りやすいか、こういったことを観客に考えさせる。

有名な台詞の例として、ダンカン王殺害後にマクベスが苦悩する独白を見てみよう。マクベスは自分の血塗られた手を見て、激しい罪悪感に襲われる。茫然自失の態でいるところに、城の門を叩くノックの音が響き、マクベスは次のように述べる。

どこからだ、あのノックは？
一体どうした？　すべての音に驚愕するとは？
何だ、この両手は？　ああ！　目をくり抜く。
海の神ネプチューンの水、すべて使えば、
手からこの血を洗えるか？　いや、この手はむしろ
ひしめく波を血肉の色へと染め上げて、
緑を赤一色にするだろう。（第二幕第二場）

〔第三章における『マクベス』の原文の引用はすべて *Macbeth*, ed. by Sandra Clark and Pamela Mason, the Arden Shakespeare, the 3rd Series より。翻訳はすべて桒山による。〕

まず、引用一行目のノックの音の効果について考えてみよう。誰が何の目的で、何を叩いているのか観客にも知らされておらず、突然にノックが劇場に響きわたる。観客とマクベスはともに驚き、「いま・ここ」の感覚を共有することになる。第1章の『ロミオとジュリエット』や、本章前半の『ヘンリー五世』の台詞と同じく、演劇上演のライブ感覚を引き出す効果があると言えるだろう。

「この手はむしろ／ひしめく波を血肉の色へと染め上げて、／緑を赤一色にするだろう」という箇所にもこうしたライブ上演の意識が反映されている。役者の身体が「海」に関する比喩に絡み、言葉と身体が渾然となった立体的イメージを生み出すからである。絶妙なのは、この立体的イメージには観客も含まれることだ（桒山二〇一六）。

第1章で説明した通りシェイクスピアの時代の舞台は三方から観客に囲まれていたが、「ひしめく波」の原文は"[t]he multitudinous seas"となっており、「群衆」を意味する"multitude"の形容詞が使われている。つまり、手と海の関係は、マクベスと観客との関係と重なっているのだ。マクベスの動揺・恐怖が役者の声に乗って劇場全体に広がっていく様子、あるいは舞台上の、血塗られた手という視覚イメージが劇場全体に恐怖を伝えていく様子が、〈手が海を赤く染め上げる〉という比喩に重ねられている。

さらに、このノックはマクベスの悪行を糾弾するような善の力も象徴し得る。古くは、第2章で扱ったチャールズ・ラムの友人、トマス・ド・クインシーが、この音によって、闇の行為が圧迫していた日常が戻ってくると指摘している。

この台詞のあとにマクベス夫人が登場すると、このノックは、誰かが南門を叩いている音であることがわかる。さらに次の場面（第二幕第三場）になると、門を叩いていたのが、ダンカン王を迎えに来たマクダフであることがわかる。マクダフは物語の最後にマクベスを倒す人物である。

マクベスの「手」は罪ないし悪を、ノックするマクダフの「手」はそれを糾弾する秩序や善を象徴し、この対立構造が最終場面を予兆していると言えるだろう（『マクベス』全編をわたって、善と悪の力は「手」を通して対照的に描かれている。詳細は桒山二〇一六を参照のこと）。この台詞は、単にマクベスの罪悪感を伝えるだけでなく、演劇上演に立ち会う観客の存在も含みつつ、善悪二つの力も象徴し、重層的な劇的インパクトを形成する。

黒澤翻案の独自性

英語圏の監督が『マクベス』を映像化する際、原作のこのような見事な台詞を無視することはたいへん難しい。『マクベス』を読んだ（多くの場合、学校で学んだ）英語圏の監督・俳優・観客にとっては、これらの名台詞がない英語上演・上映の『マクベス』はもはや『マクベス』ではない。つまり英語圏の映画監督にとって「シェイクスピアの映画化」のチャレンジとは、オリヴィエが行ったように、シェイクスピアの名台詞をいかに映像化するかにあると言えよう。

実際にオーソン・ウェルズ主演・監督作品（一九四八）も、ローマン・ポランスキー監督作品（一九七一）も、ジャスティン・カーゼル監督作品（二〇一五）も先の台詞をまったくカットせずにそのまま使っている。

たとえば、ウェルズは片手を見つめるマクベスを手の下方から撮り、ポランスキーは、井戸から汲んだバケツの水で手を洗うマクベスの表情や手を撮っている。カーゼルは、雨の中、両手をこすり合わせるマクベスを頭の後方から撮り、その映像と、殺害を王の護衛の行為に見せかけようと現場で画策しているマクベス夫人の映像をクロスカッティングさせている。

しかし、それぞれに映画的工夫がなされているとはいえ、台詞は場面の状況や登場人物の心理を伝えるに留まっており、上で示したような重層的な劇的インパクトを画面上で形成するには至っていない。

一方で黒澤が『マクベス』に対峙した方法は、先述の通り、実にシンプルなものであった。原文も翻訳も一切、使わなかったのである。では黒澤はどのように物語を展開したのか、以下で見てみよう（脚本を担当したのは、小国英雄、橋本忍、菊島隆三、黒澤明の四名だが、本論では実質上の最終決定は監督でもある黒澤にあったと見なしている）。

『蜘蛛巣城』前半のあらすじと原作との関係

映画の前半は以下のようになっている。

＊

舞台は戦国時代の日本。藤巻《ふじまき》（コーダーの領主に相当）が蜘蛛巣城主・都築国春《つづきくにはる》（ダンカン王に相当。以後「国春」と表記）に対して反乱を起こし、これを手助けしていた隣国（ノルウェーに相当）の乾《いぬい》も攻め入ってくる。これを鎮圧したのが、国春に仕える、鷲津武時《わしづたけとき》（マクベスに相当。以後「武時」）と三木義明《みきよしあき》（バンクォーに相当。以後「義明」）である。城主のもとに向かう中、二人は蜘蛛手の森で道に迷い、一人の妖婆《ようば》に出会う。妖婆は〈武時がまず北の館《たち》の大将となり、次に蜘蛛巣城主となる〉、〈義明は一の砦の大将となり、やがて子供が蜘蛛巣城主となる〉と予言して去る。二人は妖婆の予言を一笑に付すが、国春に謁見《えっけん》すると、武時は北の館《たち》の大将に、義明は一の砦の大将に命じられ、二人はおののく。

北の館で、武時は妻・浅茅《あさじ》（マクベス夫人に相当）と予言について言葉を交わしている。武時が〈予言にまどわされて城主になることを夢見たが、それは分不相応なことだった〉といったことを述べると、浅茅は〈国春は義明から予言について聞き、武時を殺そうとするにちがいない。だから先に国春を殺すべきだ〉という旨のことを述べる。そこに国春が兵を率いて北の館にやってくる。武時は浅茅の言葉が実現したと思い、驚愕するが、国春は隣国の乾を密かに攻めるために、北の館へとやってきたのであった。

その晩、浅茅は武時に〈国春の逗留は、武時が天下を取るための絶好の機会であり、「大望を抱いてこそ男子」のはずだ〉と迫り、〈殺害は護衛の犯行に仕立てあげればいい〉と提案する〔『蜘蛛巣城』からの台詞の引用は映画音声と『全集黒澤明』第四巻に基づいている。以下同様〕。浅茅は、武時の決心を待たずに護衛に酒を飲ませて眠らせ、その後、武時に槍を渡すと、彼は国春を暗殺に向かう。

殺害後、国春の軍師、小田倉則保《おだくらのりやす》（以後「則保」と表記。原作には相当する人物はいない）は国春の息子・国丸《くにまる》（マルコムに相当）を擁し、蜘蛛巣城に戻る。しかし留守居をしていた義明から矢を射かけられ、二人は隣国の乾へと逃げる。義明の推挙もあり、武時は蜘蛛巣城の城主となる。

＊

この前半のあらすじから明らかなように、『蜘蛛巣城』は原作よりも「裏切り」というテーマを強調している（Collick, pp. 175–76）。たとえば、武時を暗殺へと動かす浅茅の説得の論理には、①義明は予言を国春に打ち明け、②その結果、国春は武時を殺そうとするから、③先に国春を殺すべきだ、と裏切りが三重になっている。男性性のみに訴えかける原作のマクベス夫人の説得よりも、夫の人間不信と生存本能を刺激する台詞になっている。

さらに、武時が「主君を殺すのは大逆《たいぎやく》だ」と述べると、浅茅は、国春自身も主君を殺して蜘蛛巣城主になったことを指摘する（これについて、武時は、先君が猜疑心から先に国春を殺そうとしたからだと弁護している）。また、義明が主君の子・国丸の入城を拒否するという新たなエピソードにも「裏切り」のテーマが見られる。舞台となる戦国時代のいわゆる「下剋上」を反映した設定や劇展開だと言えるだろう。このように『蜘蛛巣城』では、原作に見られる超自然・運命の存在感は小さくなり、むしろ人間同士の不信感や裏切りが前面に押し出されている。

黒澤はダンカン王殺害をどのように翻案したか?

では黒澤は先ほど見た、原作のダンカン殺害をどのように表現しているのだろうか。『マクベス』においても『蜘蛛巣城』においても、殺害自体は直接描かれず、殺害に向かった夫を待つ妻の姿と、殺害後に妻の元に戻ってきた夫の姿を描いている。しかし両者の表現は対照的である。

黒澤は、原作の名台詞を採用しなかっただけでなく、約六分三〇秒のシークエンスを通して、武時と浅茅に一切言葉を発させなかったのだ。背景の音楽も最小限に抑えられている。これによって、原作を知る観客の予想を大きく覆すだけでなく、観客は映像とわずかな音に集中して二人の心理を読み解くことになる。黒澤は、サイレント映画とシェイクスピアの相性の良さを発声映画の中で再現していると言えよう。そして、こうした沈黙と緊張感に枠組みないし安定感を与えているのが、日本の伝統舞台芸術「能」の借用である。黒澤は、本作についてのインタビューで能の魅力について次のように述べている。

人々が能は静か（スタティック）で動きの少ない演劇だと思っているのは誤解です。能にはものすごく激しいアクロバットのような動作もあるのです。人間がどうしてあんなに激しく動けるのかとびっくりするほどです。そういう動作のできる役者が、その動きをかくして静かに演じるのです。静かさと激しさが同居しているのです。スピードというものは、ある時間がいかに充実しているかということです。能にはそういう意味でスピードがあるのです（マンヴェル、一四八頁）。

シェイクスピアの台詞の代わりに、このような能の表現力を使って、黒澤はダンカン殺害のエピソードを描いたのである。具体的に場面を見てみよう。能面を被ったかのように表情がない浅茅は（黒澤は浅茅役の山田五十鈴《やまだいすず》に「曲見《しゃくみ》」という能面を見せて役作りをさせた）、国春の護衛に飲ませる酒を取りに、能のすり足のような歩き方で部屋の奥の暗闇に消え、ふたたびそこから現れる。そして、このとき、背景では音楽は流れず、衣ずれの音だけが響いている。こうした音響も能上演を彷彿とさせる。

その後、浅茅が廊下から、酔いつぶれた護衛の姿を見ている姿が示されると、能の笛の調べが流れ始める。そして、廊下に立つ浅茅の姿は、能舞台の橋掛かり（向かって左手（下手）の登場口から中心舞台に伸びる細長い舞台）に立つ能役者のたたずまいを彷彿とさせる。こうした能上演の雰囲気を通して、浅茅の秘められた気迫と緊張感が表現されている。

一方、武時は部屋でじっと正座している。殺害について逡巡《しゅんじゅん》しているようで、二度、背後の床の間を振り返って見る。この部屋は、武時が倒した謀反人《むほんにん》・藤巻が処刑された場所であり、床の間の壁には、処刑の際に飛び散ったまま落とせない血が付いている。台詞のない映像ゆえに、観客は武時の心理を想像させられる。おそらく、主君に対する謀反を抑えたことや、自分がそうした謀反人となることの是非、もしくは、自分が城主になる野望について思いを巡らせているのだろう。この血の形は、能舞台の正面の壁（鏡板）に描かれる「老松《おいまつ》」を彷彿とさせ、この点でも能の雰囲気が維持されている。

浅茅が部屋に戻ると、背景に流れていた笛の調べは止まる。その結果、ふたたび沈黙の空間が生まれ、浅茅の衣ずれの音、寝ている護衛から奪った槍を浅茅が武時に手渡す音、突然に響くほととぎすの鋭い鳴き声が聞こえるのみになる。観客反応を誘導する音楽などは皆無であり、次にどんな言動が為されるか、あるいはどんな事件が起きるか予測できない場面となっている。

つまり、黒澤は、主君殺害という場面の前に、武時と浅茅に言葉を発せさせず、かつ動きを抑えることで、わずかな動作、わずかな音、そして画面の造形に観客の想像力を巻き込み、かえって登場人物の内面の激しさと緊張感を表現した。黒澤は、能上演の意匠を使って多くの情報と熱量を圧縮し、それをフィルムに注入したと言えるだろう〔統一感のある動きゆえに、能に親しみのない海外の観客でも、これが何らかの様式に沿っていることは了解できるはずである〕。

武時が主君殺害へと部屋を去ると、カメラは、画面正面を向いて黙って座っている浅茅の上半身を四〇秒もの間じっと映し続ける。その間、浅茅は一度、背後の床の間を振り返るのみであるが、振り返った際に、背景では穏やかな笛の調べが流れ始める。二度目に振り返ったとき、浅茅は突然立ち上がり、速い足運びで床の間へと向かい、カメラはその動きを追い、これと同時に、穏やかな笛の音は能の囃子《はやし》の激しい調べへと一変する。浅茅は床の間の前に来ると、能の舞のような動きで小さい円を描いて回り、片膝をついて座る。囃子の太鼓の音が激しくなる中、浅茅は床の間に飛び散っている血を、目を見開いてじっと見つめる（図3－11）。そこに武時が戻ってくると、彼女はそちらを振り返り、

図3–11 『蜘蛛巣城』

囃子の調べもぴたりと止まる。

浅茅の動きと背景音楽が突然に「静」から「動」に切り替わることは、主君の部屋で進行している殺害の激しさを象徴するだけでなく、浅茅の心理についてもさまざまに観客に考えさせる。それまで不気味なまでに冷静に描かれていた彼女も、激しい罪悪感や後悔をすでに感じているのかもしれない。そうした通常の感覚を持っているのなら、もしかするとこれまでも緊張状態にあったのかもしれない。一方で、床の間の血の跡を見ながら、主君の殺害と、自分たちの野心の実現を想像し、武者震いをしているようにも見える。

このように黒澤は、原作のマクベス夫妻が持っている、欲望と罪悪感が入り混じる激しい感情、それによって引き起こされる緊張感、そして殺害行為の異常性といった多様な要素を、能の要素を援用することで、映画の中で同時に描き出している。

また、この場面の重要な点は、原作のような重層的な効果を生み出す一方で、観客に二人に対して共感や同情をさせず、一定の距離を保たせていることにある。これには、クロースアップがほとんど使われず、二人の全身や背景の床の間が入るフルショットが多用されたことの効果が大きい。

殺害から戻ってきた武時は、槍を水平に構えたまま、肩で大きく息をしながら、あぐらを掻いて座ってしまい、動かなくなる。これは罪悪感に苦しむマクベスの姿を引き継いでいると思われるが、観客の哀れみを誘う原作の台詞「いや、この手はむしろ／ひしめく波を血肉の色へと染め上げて、／緑を赤一色にするだろう」に対応するような台詞はなく、映像も血塗られた床の間を含むフルショットのままである。この事実からは、黒澤が、能の意匠を通して映像美や緊張感を保ちつつ、原作とは異なる客観的な視点から二人を描いていることがわかる。

図3–12　『蜘蛛巣城』

「三人の魔女」から「一人の妖婆」へ

こうした視点の変化は、「三人の魔女」から「一人の妖婆」への変化にも反映されている。武時と義明が蜘蛛手の森で出会う妖婆は、茅葺《かやぶ》きの小屋で糸車を回しながら、能の謡《うたい》のような調べを唱えている（図3－12）。

この糸車と小屋は能の『黒塚《くろづか》』（観世流《かんぜりゅう》では『安達原《あだちがはら》』）で使われるものと類似しており、黒澤自身、インタビューでこの借用について「西洋の魔女に似たイメージをさがすと、日本ではそれしかいないと思った」と述べている（マンヴェル、一四七頁）。「糸車」という小道具のイメージには、西洋的な「運命」の表象を見て取ることも可能かもしれない。ギリシア神話には運命の糸を人間に割り当て、つむぎ、切る、三人の女神が登場するからだ。しかし、『黒塚』の糸車（枠桛輪《わくかせわ》）は運命の動きを示すのではなく、生への執着ゆえに輪廻《りんね》の世界から抜けられない人間の姿を示している。ここで『黒塚』のあらすじを確認しておこう。

＊

阿闍梨祐慶《あじゃりゆうけい》が仏道修行のために、山伏《やまぶし》と強力《ごうりき》とともに日本を旅している。一行は東北の安達ケ原にたどり着き、一軒の粗末な家に一晩の宿を得る。その家に一人で住む老婆は、祐慶に枠桛輪の用途について問われると、老いと孤独を嘆きながら、糸を紡いでみせる。祐慶は、老婆の生への執着を諭し、仏の教えに従って輪廻の世界から離れるように勧める。その後、老婆は薪《まき》を取りに行くが、その前に自分の寝室を覗かないようにと忠告する。しかし、好奇心に駆られた強力が中を覗くと、無数の死体が積み上げられていた。三人はこの老婆がこの地方の伝説の鬼であることに気づいて逃げる。戻った老婆は、自分の秘密がばれたことを知って激怒し、鬼の姿で追いかけてくるが、祐慶は経を唱え、この鬼を追い払う。

＊

『黒塚』において糸車を回す人物は、初めは素朴な老婆であるが実は「鬼」なのであり、この作品を知る観客からすると、『蜘蛛巣城』の妖婆は一層不気味に見えるであろう。一方で、

「蜘蛛巣城」の妖婆が『黒塚』の老婆と異なる点は、彼女自身が生への執着にとらわれているのではなく、「五欲《ごよく》」「五濁《ごじょく》」といった仏教の概念に言及して人間一般のそのような性質を批判する点にある。

あさましや　あさましや／などて人の世に生《しょう》をうけ／虫のいのちの細々と／身を苦しむる愚かさよ
それ人間のなりわいは／五欲の炎に身をこがし／五濁の水に身をさらし／業《ごう》の上には業を積み
迷いの果てに行きつけば／腐肉《ふにく》破れて花と咲き／悪臭かえって香を放つ／面白の人の命や／おもしろや　おもしろや

「五欲」とは視覚、聴覚、嗅覚、味覚、触覚に関する五つの欲、「五濁」とは衆生《しゅじょう》の堕落を指している（劫濁《こうじょく》「時代のみだれで、戦乱・飢饉・疫病などが多くなること」、見濁《けんじょく》「思想のみだれで、邪悪な思想がはびこること」、煩悩濁《ぼんのうじょく》「貪《とん》・瞋《じん》・痴《ち》の三毒煩悩などが盛んになること」、衆生濁《しゅじょうじょく》「人びとの資質が低下して教えの理解力が劣化すること」、命濁「人びとの寿命が短くなること」（Web版新纂浄土宗大辞典より））。

原作『マクベス』における三人の魔女は〈運命と自由意志との関係〉というテーマを体現

し、さらに、その神秘的な性質によって、認識が限られた観客とマクベスとの結びつきを強める性質も持っていた。しかし、『蜘蛛巣城』の妖婆は、武時や義明をはじめから批判するので、観客の注目は、物語を通じてこの二人の業《ごう》の深さがどのように示されるのかに向けられることになる。また、批判が人間一般に向けられているがゆえに、観客に自分自身や現実社会について考察することも促がすことになる。

映画の始まりと終わりには、荒涼とした蜘蛛巣城跡の映像とともに、能の謡を彷彿とさせるコーラスが流れるが、興味深いことに、このコーラスの視点は妖婆の視点と類似している。

見よ、妄執《もうしゅう》の城（終わりのコーラスでは「城」ではなく「夢」）の跡／魂魄《こんぱく》未だ住むごとし／それ執心の修羅《しゅら》の道／昔も今もかわりなし。

「見よ」という命令形は観客への語りかけとして、「今も」という箇所は観客の現実世界を指すものとして受け取ることができる。つまり、人間批判という性質において、老婆の視点と黒澤の視点は類似していると言えるだろう。また、このコーラスも能の謡のような抑揚で読まれており、両者はともに「能」の要素を持っている。

この点で、研究者ジャック・J・ジョーゲンズが妖婆の「糸車」と「映写機」の形の類似性を指摘し、黒澤が自分のイメージをこの登場人物に埋め込んだとする見解は興味深い（Jorgens, p. 172）。『蜘蛛巣城』は、観客を原作のように主人公の心理に巻き込むことに失敗していると批判されることがあるが、黒澤は、観客が一定の距離をもって武時の行く末を見守りつつ、自分たちについて内省するような枠組みをあえて作っているのだ。それでいて、〈観客から思考を誘発する娯楽〉という点で、黒澤はシェイクスピアの精神を引き継いでいると言えるだろう。

『マクベス』後半のあらすじと特徴

次に黒澤が原作をどのように使って『蜘蛛巣城』の後半を作っているかを見てみよう。まずは『マクベス』の後半の展開は以下の通りである。

＊

マクベスは王となったものの今度はバンクォーの子孫が王になるという予言を怖れ始め、刺客《しかく》にバンクォーと彼の息子フリーアンスの暗殺を命じる。刺客はバンクォーを殺害するが息子は逃げてしまう。城での宴の中、マクベスは刺客から知らせを受け、その直後にバンクォーの亡霊が血まみれの姿で現れる。マクベスは大いに取り乱して亡霊にわめき立てるが、彼以外の人間には亡霊は見えない。宴は失敗に終わり、マクベスへの疑いの目は強まっていく。

精神的に追い詰められたマクベスは三人の魔女に会いに行く。そこで見た幻影は次の三つの言葉をマクベスに告げる。「マクダフに気をつけろ」、「女が産んだ者にお前は傷つけられない」、「バーナムの森が動かない限りマクベスは負けない」。そこへマクダフがイングランドに逃亡したとの知らせが入る。マクベスは手下を送り、マクダフの妻子を皆殺しにする。一方、マクダフがイングランドに赴いたのは、マルコム王子にマクベス打倒を説得するためであった。妻子の死を知り、復讐に燃えるマクダフと、イングランド王から軍勢を借りたマルコムはスコットランドへと軍を進める。

マクベス夫人は罪悪感から精神を病み、夢遊病にかかっている。侍医《じい》と侍女は、マクベス夫人が眠った状態で血まみれの手を洗う仕草を行いながら、過去の殺害について語るところを目撃してしまう。マルコム軍がスコットランドに攻め入ると、マクベスの家臣は次々と寝返っていく。戦いの準備を進めるマクベスに、まず夫人の死の知らせが、次に「バーナムの森が動いた」という知らせが入る。マルコム軍はバーナムの森で木の枝を切り、それで身を隠しながら進軍したのである。

森が動いたことに動揺するものの、マクベスは出撃する。「女が産んだ者には負けない」という予言があるからだ。マクベスは、怖れていたマクダフに戦場で出会う。一騎打ちを繰り広げる中、マクベスが、〈女が産んだ者には自分は負けない〉と宣言すると、マクダフは〈自分は帝王切開で出生した〉と応じる。マクベスは運命に抗い、それでも戦い続けるが、やがて倒される。マクダフはマクベスの首をマルコムに届け、マルコムが新たなスコットランド王として即位する。

＊

原作の後半の特徴は、前半では良心を持っていた一人の人間が、殺害を厭《いと》わない暴君へと変化し、自暴自棄になっていくプロセスにある。同時に、三つの予言が成就して作品が終わることによって、人間個人はどこまで自分で未来を切り開けるのかを問う「運命と自由意志」というテーマにも焦点が当てられている。

また、物語の終わり方にもシェイクスピアの劇作術が光っている。最後にマルコムが王として即位するものの、まだ「バンクォーの子孫が王になる」という予言が成就していないからだ〔初演当時の王であったジェームズ一世はバンクォーの子孫であり、当時はこの予言が観客の現実へと続いていく感覚もあった。〕。最後の戦いには、ダンカン王の次男ドナルベインも参加していない。マクベスは倒れたが、さらなる権力闘争が控えていることが示唆されているのだ。この闘争は人間の意志の力によって引き起こされたり、回避し得たりするのか、あるいはより大きな存在によってすべてが制御されているのか。上演の終わりとともに、劇が完全に終わってしまうのではなく、上演後も観客に思考させるような枠組みをシェイクスピアは作っている。

『蜘蛛巣城』後半のあらすじと原作との関係

『蜘蛛巣城』は前半においては、原作の物語展開をほぼ引き継いでいた。しかし後半になると、大まかな物語展開は引き継ぎつつも、原作に修正を入れる箇所が徐々に増えていく。

＊

「義明（バンクォー）の子がやがて蜘蛛巣城主になる」という予言を考慮に入れて、武時（マクベス）は義明の子・義照《よしてる》（フリーアンス）を養子に取ることにする。しかし、浅茅（マクベス夫人）が自分の子を身ごもったと聞くと、義明親子の殺害を決め、養子縁組の宴に招くかたわら、彼らに刺客を送る。宴では、一人の老将が能の仕舞《しまい》を披露するが、武時はそれを中断させる。この後、義明の亡霊が現れ、武時は大いに取り乱すが、彼以外の人間には亡霊は見えない。宴は台無しとなり、散会となる。そこに刺客が登場し、義明は殺害したが息子・義照は逃亡した旨を武時と浅茅に告げる。それを聞き終わると、武時は刺客を殺害する。

結局、浅茅の子は死産となる。その頃、則保、国丸（マルコム）、義照を含む隣国乾の軍勢が武時を攻める。追い詰められた武時が妖婆に会いに行くと、彼女は「蜘蛛手の森が動かない限り、武時は負けない」という予言を与える。武時は自分の軍勢に覇気がないのを見て、物《もの》の怪《け》からこの予言を受けたことを伝え、彼らを鼓舞する。
その後、浅茅が罪悪感から精神を病み、国春殺害後に手を洗った動作を白昼繰り返すことになる。そのような中、蜘蛛手の森が動き始める。小田倉軍が森の木を切り、それを持って進軍するので、城内の軍勢からは森が動いたように見えたのである。動揺した武時軍は謀反を起こし、無数の矢を浴びせかけて武時を殺害する。

＊

原作からの最初の大きな逸脱は、武時が義明の息子を養子に取るという展開にある。ここで重要なのは、この改変がまったく映画独自の展開ではなく、原作へのコメント、あるいは「ツッコミ」になっているということだ。たしかに論理的に考えれば、原作においてマクベスがバンクォーの子を養子に取れば、最初の予言をすべて成就させつつ、全員の願望を満たすことができる。原作を知る観客にとっては、〈マクベスがどのようにすれば悲劇を回避できたか〉という実験を見ているかのような、メタ的な面白さがあると言えるだろう。

同時に黒澤による、この逸脱の回収方法も絶妙だ。武時は、浅茅が子を身ごもったことを知ると、結局、原作と同様に義明親子を殺害しようとするのである。この逸脱と回帰によって、運命の存在のあるなしにかかわらず、人間の欲望の深さによって物語が展開することが強調されている。

もう一つの大きい改変は後半の三つの予言が一つになったことにある。『マクベス』では「マクダフに気をつけろ」、「女が産んだ者にお前は傷つけられない」、「バーナムの森が動かない限りマクベスは負けない」の三つの予言が語られ、作品の最大の見どころは、バーナムの森が動き、「女が産まなかった」人間が現れて、マクベスと観客をともに驚かせることにある。マクベスは魔女の言葉にも、運命の存在にも翻弄されるのである。

黒澤が予言を一つにしたことには、二つのねらいがあるように思われる。一つは原作を知る観客の反応操作に関するもの、もう一つは運命や超自然の力の存在感を薄め、人間の主体的行為で物語を締めくくることである。

一つになった後半の予言

まず、第一のねらいを見てみよう。原作の二つの予言を削除したことで、黒澤は、マクダフなしに、どのように『マクベス』は終わり得るか、原作を知る観客の興味を高めている。結果的に、上のあらすじで示した通り、森が「動いた」あと、武時は城内の自軍の謀反によって倒れることになる。原作に対する最大の改変で映画が終わることによって、原作を知る観客には一層の驚きを与えることになる。

しかし、この終わり方は原作からの最大の逸脱でありながら、原作の結末と類似した性質も持っている。重要なことは、武時軍の謀反が観客の意表を突くものの、腑に落ちる展開でもあるということだ。なぜならこれまで何度も「裏切り」というテーマが原作以上に強調されてきたからである。

そして、この「意表を突くが、腑に落ちる」という性質は原作の終わり方と共通している。マクダフが、自分は帝王切開で生まれ、女が産んだわけではないと主張するエピソードも、観客の意表を突きつつ、理屈が一応通った展開になっているからである。黒澤は、内容的には大きく逸脱しつつも同時に、原作と類似した観客反応によって映画を締めくくっていると言える（そもそも、『マクベス』の翻案において原作と同じ「頓智《とんち》」を繰り返しても、原作を知る観客にはまったく刺激がない終わり方になってしまう）。

『蜘蛛巣城』は原作を知らなくても楽しめる映画になっているが、同時にこのような原作に対する「逸脱と回帰」というリズムを刻むことによって、原作を知る観客の思考を刺激し、両者の比較を促す映画にもなっている。この点で、本章の前半で見たオリヴィエの『ヘンリー五世』のような「シェイクスピア映画」とは性質を異にしている。

『ヘンリー五世』（一九四四）が公開された頃には、シェイクスピア作品の二度目、三度目の映画（トーキー）化はまだなかった。『蜘蛛巣城』（一九五七）の場合、すでにウェルズによって一九四八年に『マクベス』が映画化されている。黒澤は、原作の物語を知っていれば、さらに楽しむことができるメタ的な、あるいはインターテクスチュアルな映画作品を作ったのだ。

さて、三つの予言を一つにしたことの第二のねらいは「運命」の存在感を弱めることにある。マクダフに関する予言がなくなることで、武時軍の謀反という映画の最終エピソードは「運命」や「予言」とは関係が薄くなっている。むしろ、「謀反」という人間の主体的な選択で終わっている。

さらに、妖婆の森に関する「予言」は、乾の軍勢が蜘蛛巣城を攻め始めたあとに為されているので、強いて言うなら、軍勢の作戦を知った上で妖婆が「予言」を述べた可能性さえも残されている。一方で、原作では魔女の三つの予言が、マルコム軍の結成が言及される場面の前に為されているので、運命や予言の力は強力なものになっている。

宴の場面と能の意匠

予言とは直接関係のない謀反で物語が終わることは、妖婆の初登場場面に関して述べた、人間一般の性質についての観客の思考を促す本映画の性質と関係している。この謀反について理解するためには、武時と義照（義明の息子）との養子縁組を祝う宴の場面を考察する必要がある。黒澤は、原作の宴の場面の性質を深く理解し、独自の演出で発展させ、最後の場面と連動させているからである。

まず、原作においてこの宴は、マクベスの台詞「自分の席次どおりに座ってくれ」で始まり、バンクォーの亡霊を見たマクベスが錯乱して宴を台無しにすると、マクベス夫人の「おやすみなさい。／退室の順番など気にせずに。／すぐに退室を」という台詞で締めくくられる。原文では前者の「席次」は“degrees”、後者の「順番」は“order”という単語が使われており、これらはともに「秩序」という意味も持っている。シェイクスピアは、宴という儀

（上）図3–13　『蜘蛛巣城』［手前から二人目から六人目までの座り方］
（下）図3–14　『蜘蛛巣城』

礼の場が成立しなかったことを通して、マクベスが社会の秩序を乱していること、そしてそれがスコットランドの領主たちに明らかになったことを象徴的に示しているのである。

黒澤は、シークエンス全体に能上演の様式的なイメージを与えることで、こうした原作の効果をさらに高めている。まず、この場面はひとりの老将による仕舞《しまい》（能作品からのシテの舞の抜粋）で始まる。また、武時と浅茅の背後にある壁は能舞台の鏡板を彷彿とさせる。一方、列席者たちは、扇を床に置き、腰に手を当てて座っており、謡を唄っていない状態の地謡《じうたい》の姿と似ている（図3－13）。そして、義明の亡霊が現れた際には、この亡霊はワキ柱を彷彿とさせる位置に（郡司、七〇頁）、能役者のように片膝を立てて座っている（図3－14）。

しかし、武時はこの「能上演」の様式性を壊してしまう。まずは老将の仕舞を中断させ、次に、義明の霊が現れると、武時は動揺して後ろの「鏡板」まで走って逃げ、剣を取ると喚《わめ》きながら亡霊を切りつけに行く。これは能の所作とは対極の行為だ。また、このとき、武時は「能舞台」の中心に躍り出ることになり、生者がシテ、亡霊がワキ、というように、通常の能作品との逆転現象が生まれている。黒澤は、能の様式的な意匠を導入することによって、武時が宴を台無しにし、社会の秩序を壊したことを原作以上に象徴的に表現したのである。

『田村』と『蜘蛛巣城』の最終場

最後の謀反と深い関係にあるのが、老将が舞う仕舞の演目『田村』である。この作品は、坂上田村麻呂《さかのうえのたむらまろ》が平城天皇の命により、鈴鹿《すずか》地方における悪鬼の謀反を平定する物語が中心となっている。『蜘蛛巣城』の宴の場面は、田村麻呂と悪鬼との対峙を描く仕舞の途中から始まり、背景では能の囃子が鳴っている。

仕舞には、舞い手による詞章《ししょう》の朗唱があり、この映画でも老将は「いかに鬼神《きしん》もたしかに聞け、昔もさるためしあり、千方《ちかた》といいし、逆臣に仕えし鬼も、王位を背く天罰にて、千方を捨《す》つれば忽《たちま》ち亡び失《う》せしぞかし。ましてや間近《まぢか》き（鈴鹿山）」と謳いあげる（図３－15）。かつて藤原千方が四人の鬼に助けられ朝廷に謀反を起こしたが、鬼たちに見捨てられ、滅ぼされたことに言及する田村麻呂の詞章である。しかし武時は、上の引用の「間近き」の直後に、「ええい!! もう、舞は沢山じゃ！ 止めい!! 止めい!!」と述べて、仕舞を中断させる。

図 3–15　『蜘蛛巣城』

　批評家たちはこの演目が『田村』であることにも、この詞章自体にも関心を払ってこなかったが、二〇一〇年

にマートライ・ティタニラという研究者が次の二点を指摘した。まずは『ハムレット』との類似である。ハムレットは、過去に起こした兄殺しに叔父を向き合わせるために、殺害を想起させる芝居を上演する。マートライは、〈この仕舞を舞う武将は、武時に自らの裏切りという罪と向き合わせ、自分の罪に対する罰を予見させせようとしている〉と指摘した（マートライ、一〇頁）。

もう一つの論点は映画の終わりに関わっている。『田村』では、上記の詞章のあと、田村麻呂が戦の前に祈願した千手観音《せんじゅかんのん》が空に現れ、千本の手それぞれから矢を放ち、敵を打ち負かす。つまり、これは、映画の終わりに、武時が無数の矢を射られる場面の前兆となっているのだ。最終場面に飛ぶ無数の矢は唐突に導入されるのではなく、宴の場面から周到に準備されていると言える。マートライは、原作と映画が、矢に関して鏡像関係にあることを指摘している（マートライ、一〇～一一頁）。たしかに『田村』では千本の矢を放つ千手観音に語りの焦点があるが、『蜘蛛巣城』では無数の矢を受ける武時に映像の焦点は当たっている。

マートライは言及していないが、映画と『田村』との関係についてさらに興味深いのは、黒澤がインタビューで武時役の三船敏郎《みふねとしろう》に「平太《へいだ》」という能面を見せて役作りをさせたと述べている（マンヴェル、一四七頁）ことである。「平太」は勇猛な武将を表わし、『田村』の田村麻呂にも使われる面である。つまり、武時が田村麻呂の外見に似ているにもかかわらず、謀反を起こし、最後には謀反を起こされる、という皮肉な姿が強調されていると言えよう。

荒涼とした『蜘蛛巣城』の世界

『蜘蛛巣城』には、『田村』のように矢を放つ千手観音は登場せず、代わりに武時軍が主君に矢を放つことは興味深い。スーザン・ブレイクリー・クラインという研究者も『蜘蛛巣城』は能の意匠を持っているものの、能の世界に表れる僧侶や神仏といった善の存在がいないことを指摘している（Klein, p. 55）。

この荒涼とした性質は、原作と比べてみても明らかである。『マクベス』では、神や天使の力が言及されたり、善の力を象徴する存在が登場するからである。たとえば、第二幕第四場で「老人」が「神の祝福がお二人〔ロスとマクダフ〕に／そして悪を善とし、敵を友とする者に」と祈ったり、第三幕六場でもレノックスが「聖なる天使が／イングランド宮廷に飛んでいき、マクダフの到着を待たずに／そのメッセージを伝えてくれれば」と祈ったりする。

また、第四幕第三場で「医師」は、神がエドワード懺悔王《ざんげおう》〔劇中には登場しない実在のイングランド王〕に、患者に触れることで病を癒やす神聖な力を与えたと述べる。しかし、『蜘蛛巣城』では、最後に武時を攻める乾や国春たちに神聖なイメージは与えられていない。先述のクラインはこうした神なき世界に現代性を見出し、『蜘蛛巣城』では人間の意志の力によって暴力が回避され得ることが示唆されているのではないかと指摘している。

最後の反乱を率いているのは誰か?

「人間の意志の力」という観点で考えてみたいのは、最後の謀反を率いている人物は誰か、ということである。矢を射かけられた武時は、「犬ッ!! 裏切者ッ! 主君を殺すのは大逆ぞッ!!」と叫ぶと、この軍勢の前列中央にいる武将が、「先の殿を殺したのは誰だ!?」と答える(図3-16)。つまり、この武将は、劣勢である武時を、ほかの兵士たちのように単に日和見《ひよりみ》的に裏切ったのではなく、「先の殿」つまり国春の仇討ちを行っているというわけである。

この人物は脚本では「鋭い声」としか書かれておらず、批評的な注目を受けることもない。しかし、画面をよく見てみると、これはまさに、宴で『田村』の仕舞を舞っていた老将であることがわかる。脚本では、宴の場面においても「武将の一人」あるいは「老将」と書かれているのみで名前を与えられていないが(後者はシナリオ注より(全集、四〇一頁))、舞を中断して席に戻るときに、長く白い口髭が特徴的な顔が大きく映し出される(図3-17)クロースアップからすると、この人物は高堂国典《こうどうくにのり》によって演じられている「部将」(キャストリストによる表記)であると思われる。

この老将の武時への態度として示唆的なのは、謀反人が倒される『田村』を余興として選んだということだけでなく、仕舞が中断された後も、心の中で『田村』を演じ続けているという可能性だ。彼は席に戻ると、右手に扇を持ち、その先を床につけて座っているが（図3–18）、これは能上演で地謡が謡うときの所作なのである。つまり、この老将は、中断された後の〈千手観音が逆賊に矢を放つ〉という展開の地謡を、無言で唱え続けていることを示唆している。

（上）図3–16（中）図3–17（下）図3–18　すべて『蜘蛛巣城』

そして、彼は最後の場面でこの『田村』の観音の行為を（おそらく軍勢を先導・扇動して）具現化する。濃い霧の中に立つ老将の姿は、雲の上にいる超越的存在のようにさえも見える（図3－16）。『蜘蛛巣城』の世界は、一見、裏切りが裏切りを呼ぶ荒涼とした世界のように見えるが、意外にも武時は、原作以上に「忠義」や「正義」を体現する力に倒されることがわかる。この点において、最後に主君の子・国丸を擁して武時に挑む則保の存在も重要である。「先手の将は小田倉則保……国丸君を奉じ、先君の仇《かたき》を討たんと称して居《お》ります」という台詞があるが、シェイクスピアの原作には、このような先王への忠誠心をもとにマクベスを打倒しようと述べる登場人物は現れないからである。

武時の敗北と最後のコーラスとのギャップ

しかし、興味深いことに、この映画は冒頭と同じ「見よ、妄執の夢（冒頭では「城」）の跡／魂魄未だ住むごとし／それ執心の修羅の道／昔も今もかわりなし」というコーラスで締めくくられる。これによって武時の「妄執」が個別の事件として扱われるのではなく、歴史を通じて繰り返すものとして扱われることになる（森、五六頁）。これによって、老将や則保など武時を倒した力も相対化されることになる。

この結果、黒澤は、観客にさまざまに問いかけながら映画を締めくくっているように思われる。たとえば、老将軍の最後の反乱は正義を象徴する行為なのか、あるいはこれも結局「執心の修羅の道」であり、裏切りや暴力のサイクルの一つであり、その後に混乱が続くのか。そうだとすれば政治的危機や圧政の中で人々はどのように振る舞うべきか。あるいは、こうした営みも妄執と見なす妖婆や黒澤の見解は誤りか。黒澤は『マクベス』の後半を大胆に書き換え、「運命と自由意志」というテーマの存在感を薄くし、その代わりに戦争や権力闘争に対するこうした重層的な視点を観客に提供しているのである。

『蜘蛛巣城』の卓越性は、イギリスの古典戯曲である『マクベス』との絶妙な関係性を築く一方で、日本の古典である能作品をも有機的に組み込み、その上で独自の映画表現を行っていることにある。この作品においてシェイクスピアは、日本の古典文化と深く混じり合いながら、観客に娯楽と思考を新たに提供する映画へと変容を遂げているのである。

時空を超えた交流

この章では、まずローレンス・オリヴィエが繊細かつ大胆に、『ヘンリー五世』の演劇の台詞を使いながら、それを音声・映像へと移し替えていき、演劇的表現を兼ね備えた映画作品を新たに生み出したことを考察した。そして次に、黒澤明が、『マクベス』の物語展開を多様な形で引き継ぎつつも、原作の台詞は使わずに、日本の古典演劇を用いながら独自の映画世界を構築していったことを見た。ともにシェイクスピアの演劇台本と四《よ》つに組みながら、映画という媒体を活用して新たな創造行為を行っている。

これらの芸術家の創造性をこれほどまでに刺激し、エネルギーを引き出すことができたのも、シェイクスピア作品自体が奥行きや重層性を有するからであることは間違いない。何百年という時を経て、ジャンルや文化そして言語を横断して、芸術家たちは混じり合い、新たな名作が生まれていく。こうした創作の連なりは、鑑賞者に美的な喜びや娯楽をもたらすだけでなく、時空を超えて人々を結び付ける貴重な手段であり続けるであろう。

あとがき

はじめに、シェイクスピアにまつわる個人的な思い出を書かせていただく。

私の英文学との最初の出会いは、小学校の低学年のときに『シェークスピア名作集』（川端康成・佐藤春夫他監修、幼年世界文学全集、偕成社、一九六五年）を読んだことだった。「ヴェニスの商人」「リア王」「ハムレット」の三作品がおさめられ、児童文学者、岸なみによって執筆されたこの本を、私は繰り返し読んだ。息を飲むほど素晴らしい挿絵（画家は西村保史《にしむらやすし》郎《ろう》）の印象は、半世紀以上を経たいまも、頭に焼きついている。子供のとき持っていた児童書はほとんど手放したが、この本はいまも大切に書棚に残してある。

そのあと、シェイクスピアの文学をもっと知りたいと思った私は、原作の戯曲ではなく、ラムの『シェイクスピア物語』（松本恵子訳、新潮文庫、一九五二年）を手に取った。これは、小学生の私が初めて買った文庫本、つまり、大人の本だった。

訳者による「まえがき」には、こんな趣旨のことが書かれていた。〈『シェイクスピア物語』の原作者はメアリ・ラムとチャールズ・ラムの姉弟だが、メアリは精神疾患をもっていて、時々発作を起こし、あるとき激しい発作により母を殺してしまった。メアリは弟に迷惑をかけたことを悲しみ、チャールズはそういう病魔に虐《しいた》げられた姉に同情して結婚もせず、二人で暮らした。この愛し合う姉と弟が泣きながら病院に向かう姿を、友人たちは見かけた〉云々。

子供心にとってはショッキングなこの記述から、ラム姉弟に対して暗い陰鬱なイメージを抱きつつも、シェイクスピアの深い文学の世界を覗き込ませてくれた物語作者たちへの賛嘆の思いを、私は記憶に刻んでいた。ほかにも、小学生時代、学芸会の演劇で『ハムレット』の脚本・演出を担当し、オフィーリアを演じたことや、高校生時代、文化祭でサークルESS（English Speaking Society）により『真夏の夜の夢』の英語劇が上演された際、ヘレナを演じたことなども、遠い日の思い出だ。

その後私は大学院でイギリス小説を専攻して研究者になったため、劇作家シェイクスピアとの間に少し距離をおくようになってしまった。しかし、長い歳月がたち、定年退職まであと三年ほどに近づいたある日、たまたま英米児童文学史の本のページをめくっていたとき、子供のとき以来ラム姉弟のことがずっと気になっていたことを、ふと思い出したのである。

いまを逃したら、もう機会はないかもしれない。そう思い立った私は、『シェイクスピア物語』を初めて原書で読み、ラムの伝記や資料を集めた。しかし、研究するとなれば、演劇の専門家の力を借りることがぜひとも必要だった。そこで、勤務先の京都大学大学院人間・

環境学研究科で同じ講座に所属するシェイクスピア研究者、桒山智成《くわやまともなり》教授に相談したところ、快諾をいただき、共同研究をしようという話がまとまった。

当初の目的はラム研究だったのだが、まもなく出版計画を立てる段階で、筑摩書房編集部の山本拓氏より、「シェイクスピア」を題名に含めたテーマに拡大した一般書にしては、とのご提案をいただいた。そのため結果的には、ラム姉弟の『シェイクスピア物語』（第2章）は、私が単独で担当することになったが、桒山氏には、私のオリジナル原稿に目を通して有益なご助言をいただくことができた。さらに、桒山氏の専門とするシェイクスピア劇の上演や映画化といった分野を含めた内容へと発展させることができたため、領域を越境するスリルと醍醐味を味わうこともできた。構想を練るために議論したり、お互いの原稿を読みながら協議し合ったりしたことなども、いまは楽しい思い出となりつつある。

こうして、良い縁と環境に恵まれたおかげで、京都大学在任中に、気鋭の同僚との共著書を完成させることができた。最後になったが、本書の出版の実現に向けてご尽力くださった山本氏の温かいお励ましに、深く感謝している。

二〇二二年一一月

廣野由美子

引用・参考文献

荒木一雄監修、窪薗晴夫、溝越彰著『英語の発音と英詩の韻律』英潮社、一九九一年。

大岡昇平『野火・ハムレット日記』岩波文庫、一九八八年、一九九～三六〇頁。

河合祥一郎『あらすじで読むシェイクスピア全作品』祥伝社新書、二〇一三年。

黒澤明『全集黒澤明』第四巻、岩波書店、一九八八年。

桒山（桑山）智成「オリヴィエの『ハムレット』とシェイクスピアのことば」松本朗、岩田美喜、木下誠、秦邦生（共編）『イギリス文学と映画』三修社、二〇一九年、一八～三二頁。

――「シェイクスピア原語上演が英語学習に与える意義について」同志社女子大学英語英文学会 *Asphodel* 第四四号、二〇〇九年、二一～三九頁。

――「マクベスと役者の身体」日本シェイクスピア協会編『甦るシェイクスピア』研究社、二〇一六年、一二六～一四九頁。

――「『ロミオとジュリエット』のプロローグにおけるシェイクスピアの劇作術――「運命」と「情熱」の表象について」神戸大学文学部『紀要』第三六号、二〇〇九年、九五～一一八頁。

郡司康子「『蜘蛛巣城』雑感」『映画評論』一九五七年四月号、六九～七一頁。

小林秀雄「おふえりや遺文」『Xへの手紙・私小説論』新潮文庫、一九六二年、四七～六八頁。

志賀直哉「クローディアスの日記」『清兵衛と瓢簞、網走まで』新潮文庫、一九六八年、二〇四～二二七頁。

浄土宗大辞典編纂委員会、同編纂実行委員会『新纂浄土宗大辞典』（**Web**版）、二〇一八年、**http://**

jodoshuzensho.jp/daijiten/index.php/%E3%83%A1%E3%82%A4%E3%83%B3%E3%83%9A%E3%83%BC%E3%82%B8（最終アクセス、二〇二一年九月一九日）。

夏目漱石『虞美人草』角川文庫、二〇一七年。

野谷士、玉木意志太牢『漱石のシェイクスピア』朝日出版社、一九七四年。

廣野由美子『十九世紀イギリス小説の技法』英宝社、一九九六年。

――『ミステリーの人間学――英国古典探偵小説を読む』岩波新書、二〇〇九年。

――「メアリ・ラムの小説世界――*Mrs. Leicester's School*に関する比較文学的考察」京都大学大学院人間・環境学研究科英語部会『英文学評論』第九四集、二〇二二年、一～二六頁。

福原麟太郎『チャールズ・ラム伝』沖積舎、二〇〇〇年。

森祐希子『映画で読むシェイクスピア』紀伊國屋書店、一九九六年。

オリヴィエ、ローレンス『演技について』倉橋健、甲斐萬里江訳、早川書房、一九八九年（Olivier, Laurence. *On Acting*, 1986）。

フロイト「小箱選びのモチーフ」『ドストエフスキーと父親殺し／不気味なもの』中山元訳、光文社古典新訳文庫、二〇一一年、九～四〇頁。

マートライ、ティタニラ「『蜘蛛巣城』における西洋と東洋の芸能の受容――シェイクスピア『マクベス』と能の比較より」早稲田大学演劇映像学会『演劇映像』第五一号、二〇一〇年、一～一八頁。

マンヴェル、ロジャー『シェイクスピアと映画』荒井良雄訳、白水社、一九七四年（Manvell, Roger. *Shakespeare and the Film*. London: J. M. Dent & Sons, 1971）。

ラドクリフ、アン『ユドルフォ城の怪奇』（上・下）、三馬志伸訳、作品社、二〇二一年（Radcliffe, Anne. *The Mysteries of Udolpho*. Edited by Bonamy Dobrée. Oxford: Oxford UP, 1998）。

Ainger, Alfred(ed.). *The Letters of Charles Lamb*. Vol. 2. London: Macmillan, 1900.

Bloom, Harold. *Shakespeare: The Invention of the Human*, New York: Riverhead Books, 1999.

Buchanan, Judith. *Shakespeare on Silent Film*. Cambridge: Cambridge UP, 2009.

Burton, Sarah. *A Double Life: A Biography of Charles & Mary Lamb*. London: Viking, 2003.

Christie, Agatha. *Hercule Poirot's Christmas*. 1938; rpt. New York: Harper Collins, 2011.

Clarke, Mary Cowden. *The Girlhood of Shakespeare's Heroines: In a Series of Fifteen Tales*. 1851. Cambridge: Cambridge UP, 2009. 3 vols.

Collick, John. *Shakespeare, Cinema and Society*. Manchester, New York: Manchester University Press, 1989.

Crowl, Samuel. *Shakespeare and Film: A Norton Guide*. New York, London: W. W. Norton & Company, 2008.

Dickens, Charles. *Great Expectations*. Edited and with Notes by Charlotte Mitchell. London: Penguin, 2003.

Doody, Margaret Anne. "Introduction." In Montgomery. 9–34.

Eliot, George. *Silas Marner*. Edited with an Introduction and Notes by David Carroll. London: Penguin, 2003.

Fiedler, Lisa. *Dating Hamlet*. London: Harper Collins, 2002.

Forster, John. *The Life of Charles Dickens*.Vol. 2, 3 vols. 1873. New York: Cambridge UP, 2011.

Hall, Peter. Interview with Peter Hall. *The Sunday Times*, 26 January 1969.

Hitchcock, Susan Tyler. *Mad Mary Lamb: Lunacy and Murder in Literary London*. New York & London: Norton, 2005.

Huxley, Aldous. *Brave New World*. London: Vintage, 2014.

Jorgens, Jack J. "Kurosawa's *Throne of Blood*: Washizu and Miki Meet the Forest Spirit." *Literature/Film Quarterly* 11. 1983. 167–73.

Joyce, James. *Ulysses*. Harmondsworth: Penguin, 2000.

Klein, Susan Blakeley. "Noh, Shakespeare, and Pedagogy in Kurosawa's *Kumonosujō* (*Throne of Blood*)." *Proceedings of the Association for Japanese Literary Studies*. 15. 2014. 49–57.

Kozintsev, Grigori, *Shakespeare: Time and Conscience*. Trans. Joyce Vining. London: Dennis Dobson, 1967.

Lamb, Charles. *The Letters of Charles Lamb*. Edited with Introduction and Notes by Alfred Ainger. Vol. 2. London: Macmillan, 1900.

Lamb, Charles and Mary. *Tales from Shakespeare*. Introduction by Marina Warner. London: Penguin, 2007.［安藤貞雄訳『シェイクスピア物語』（上・下）、岩波文庫、二〇〇八年／厨川圭子訳『シェイクスピア物語』（上・下）偕成社文庫、一九七九年］

——. *Stories for Children*. Edited with Introduction by William Macdonald. London: J. M. Dent & Co., 1903.

Lewes, G. H. *The Leader* (22 Nov. 1851). *Jane Austen: The Critical Heritage*. Edited by B. C. Southam, London: Routledge & Kegan Paul, 1968. 130.

Marchitello, Howard. *Remediating Shakespeare in the Eighteenth and Nineteenth Century*. Cham: Palgrave Macmillan, 2019.

Marshall, Gail (ed.). *Shakespeare in the Nineteenth Century*. Cambridge: Cambridge UP, 2012.

Montgomery, L.M. *The Annotated Anne of Green Gables*. Edited by Wendy E. Barry, Margaret Anne Doody, Marry E. Doody Jones. Oxford: Oxford UP, 1997.

Osborne, Laurie. "Narration and Staging in *Hamlet* and Its Afternovels." In Shaughnessy. 114-33.

Peery, William. "The Hamlet of Stephen Dedalus." *The University of Texas Studies in English*. Vol.31. U of Texas P, 1952. 109-11.

Prance, Claude A. *Companion to Charles Lamb: A Guide to People and Places 1760-1847*. London: Mansell Publishing, 1983.

Rignall, John (ed.). *Oxford Reader's Companion to George Eliot*. Oxford: Oxford UP, 2000.

Rosenthal, Daniel. *100 Shakespeare Films*. London: British Film Institute, 2007.

Schlicke, Paul (ed.). *Oxford Reader's Companion to Dickens*. Oxford: Oxford UP, 1999.

Shakespeare, William. *Henry V*. The Arden Shakespeare. The 3rd Series. Edited by T. W. Craik. 1995; rpt. London:

Thomson Learning, 2001.

——. *Macbeth*. The Arden Shakespeare. The 3rd Series. Edited by Sandra Clark and Pamela Mason. London, New York: Bloomsbury, 2015.

——. *Romeo and Juliet*. The Arden Shakespeare. The 3rd Series. Edited by René Weis. London: Bloomsbury, 2012.

——. *The Oxford Shakespeare: The Complete Works*. Edited by Stanley Wells and Gary Taylor. 2nd edition. Oxford: Oxford UP, 2005.〔松岡和子訳、シェイクスピア全集、ちくま文庫〕

Shaughnessy, Robert (ed.). *The Cambridge Companion to Shakespeare and Popular Culture*. Cambridge: Cambridge UP, 2007.

Sutherland, John and Cedric Watts. *Henry V, War Criminal? and Other Shakespeare Puzzles*. Oxford: Oxford UP, 2000.

Updike, John. *Gertrude and Claudius: A Novel*. 2000; rpt. New York: Random House, 2001.〔河合祥一郎訳『ガートルードとクローディアス』白水社、二〇〇二年〕

Walpole, Horace. *The Castle of Otranto*. Edited with an Introduction and Notes by Nick Groom. Oxford: Oxford UP, 2014.

Woolf, Virginia. *A Room of One's Own*. London: Hogarth, 1929.

映像・画像引用資料

『蜘蛛巣城』監督：黒澤明、出演：三船敏郎／山田五十鈴、東宝、一九五七年、ＤＶＤ：東宝、二〇〇七年。

『ヘンリー五世』監督：ローレンス・オリヴィエ、出演：ローレンス・オリヴィエ／ロバート・ニュートン、一九四四年、ＤＶＤ：イーエス・エンターテインメント、二〇〇八年。

『ロミオとジュリエット』監督：ジョージ・キューカー、主演：レスリー・ハワード／ノーマ・シアラー、一九三六年、ＤＶＤ：コスミック出版、二〇一一年。

Silent Shakespeare. DVD. Produced by Caroline Millar. BFI, 2004.

"The Globe Theatre, Panorama Innenraum, London." Photograph. Taken by Maschinenjunge. <https://commons.wikimedia.org/wiki/File The_Globe_Theatre,_Panorama_Innenraum,_London.jpg> [accessed 19 September 2022]

廣野由美子（ひろの・ゆみこ）

一九五八年生まれ。現在、京都大学大学院人間・環境学研究科教授。京都大学文学部（独文学専攻）卒業。神戸大学大学院文化学研究科博士課程（英文学専攻）単位取得退学。学術博士。専門はイギリス小説。著書に、『批評理論入門』（中公新書）、『小説読解入門』（中公新書）、『深読みジェイン・オースティン』（NHKブックス）、『謎解き「嵐が丘」』（松籟社）、『ミステリーの人間学』（岩波新書）など。

桒山智成（くわやま・ともなり）

一九七四年生まれ。現在、京都大学大学院人間・環境学研究科教授。京都大学文学部（英語学英米文学専修）卒業。京都大学大学院文学研究科博士後期課程（同専修）研究指導認定退学。専門はイギリス演劇。共著書に『よくわかるイギリス文学史』（ミネルヴァ書房）、『イギリス文学と映画』（三修社）、『甦るシェイクスピア』（研究社）、訳書にシェイクスピア『冬物語』（岩波文庫）など。

筑摩選書 0249

変容《へんよう》するシェイクスピア
ラム姉弟《きょうだい》から黒澤明《くろさわあきら》まで

二〇二三年二月一五日　初版第一刷発行

著者　廣野由美子《ひろのゆみこ》
　　　桒山智成《くわやまともなり》

発行者　喜入冬子

発行所　株式会社筑摩書房
東京都台東区蔵前二-五-三　郵便番号　一一一-八七五五
電話番号　〇三-五六八七-二六〇一（代表）

装幀者　神田昇和

印刷 製本　中央精版印刷株式会社

ISBN978-4-480-01766-6 C0398

筑摩選書
0012

フルトヴェングラー

奥波一秀

二十世紀を代表する巨匠、フルトヴェングラー。変動してゆく政治の相や同時代の人物たちとの関係を通し、音楽家の再定位と思想の再解釈に挑んだ著者渾身の作品。

筑摩選書
0036

伊勢神宮と古代王権
神宮・斎宮・天皇がおりなした六百年

榎村寛之

神宮をめぐり、交錯する天皇家と地域勢力の野望。王権は何を夢見、神宮は何を期待したのか？　王権の変遷に翻弄され変容していった伊勢神宮という存在の謎に迫る。

筑摩選書
0040

100のモノが語る世界の歴史1
文明の誕生

N・マクレガー
東郷えりか 訳

大英博物館が所蔵する古今東西の名品を精選。遺されたモノに刻まれた人類の記憶を読み解き、今日までの文明の歩みを辿る。新たな世界史へ挑む壮大なプロジェクト。

筑摩選書
0041

100のモノが語る世界の歴史2
帝国の興亡

N・マクレガー
東郷えりか 訳

紀元前後、人類は帝国の時代を迎える。多くの文明が姿を消し、遺された物だけが声なき者らの声を伝える――。大英博物館とBBCによる世界史プロジェクト第2巻。

筑摩選書
0042

100のモノが語る世界の歴史3
近代への道

N・マクレガー
東郷えりか 訳

すべての大陸が出会い、発展と数々の悲劇の末にわれわれ人類がたどりついた「近代」とは何だったのか――。大英博物館とBBCによる世界史プロジェクト完結篇。

筑摩選書 0046

寅さんとイエス

米田彰男

イエスの風貌とユーモアは寅さんに類似している。聖書学の成果に「男はつらいよ」の精緻な読みこみを重ね合わせ、現代に求められている聖なる無用性の根源に迫る。

筑摩選書 0051

フランス革命の志士たち
革命家とは何者か

安達正勝

理想主義者、日和見、煽動者、実務家、英雄――真に世界を変えるのはどんな人物か。フランス革命の志士の生き様から、混迷と変革の時代をいかに生きるかを考える。

筑摩選書 0052

ノーベル経済学賞の40年（上）
20世紀経済思想史入門

T・カリアー
小坂恵理 訳

ミクロにマクロ、ゲーム理論に行動経済学。多彩な受賞者の業績と人柄から、今日のわれわれが直面している問題が見えてくる。経済思想を一望できる格好の入門書。

筑摩選書 0053

ノーベル経済学賞の40年（下）
20世紀経済思想史入門

T・カリアー
小坂恵理 訳

経済学は科学か。彼らは何を発見し、社会にどんな功績を果たしたのか。経済学賞の歴史をたどり、経済学と人類の未来を考える。経済の本質をつかむための必読書。

筑摩選書 0054

世界正義論

井上達夫

超大国による「正義」の濫用、世界的な規模で広がりゆく貧富の格差……。こうした中にあって「グローバルな正義」の可能性を原理的に追究する政治哲学の書。

筑摩選書 0057

デモのメディア論
社会運動社会のゆくえ

伊藤昌亮

アラブの春、ウォール街占拠、反原発デモ……いま世界中で沸騰するデモの深層に何があるのか。ソーシャルメディア時代の新しい社会運動の意味と可能性に迫る。

筑摩選書 0059

放射能問題に立ち向かう哲学

一ノ瀬正樹

放射能問題は人間本性を照らし出す。本書では、理性を脅かし信念対立に陥りがちな問題を哲学的思考法で問い詰め、混沌とした事態を収拾するための糸口を模索する。

筑摩選書 0060

近代という教養
文学が背負った課題

石原千秋

日本の文学にとって近代とは何だったのか? 文学が背負わされた重い課題を捉えなおし、現在にも生きる「教養」の源泉を、時代との格闘の跡にたどる。

筑摩選書 0062

中国の強国構想
日清戦争後から現代まで

劉傑

日清戦争の敗北とともに湧き起こった中国の強国化への意志。鍵となる考え方を読み解きながら、その国家構想の変遷を追い、中国問題の根底にある論理をあぶり出す。

筑摩選書 0063

戦争学原論

石津朋之

人類の歴史と共にある戦争。この社会的事象を捉えるにはどのようなアプローチを取ればよいのか。タブーを超え、日本における「戦争学」の誕生をもたらす試論の登場。

筑摩選書 0067

ヨーロッパ文明の正体

何が資本主義を駆動させたか

下田 淳

なぜヨーロッパが資本主義システムを駆動させ、暴走させるに至ったのか。その歴史的必然と条件とは何か。近代を方向づけたヨーロッパ文明なるものの根幹に迫る。

筑摩選書 0071

一神教の起源

旧約聖書の「神」はどこから来たのか

山我哲雄

ヤハウェのみを神とし、他の神を否定する唯一神観。この観念が、古代イスラエルにおいていかにして生じたのかを、信仰上の「革命」として鮮やかに描き出す。

筑摩選書 0072

愛国・革命・民主

日本史から世界を考える

三谷 博

近代世界に類を見ない大革命、明治維新はどうして可能だったのか。その歴史的経験から、時空を超える普遍的英知を探り、それを補助線に世界の「いま」を理解する。

筑摩選書 0075

SL機関士の太平洋戦争

椎橋俊之

人員・物資不足、迫り来る戦火――過酷な戦時輸送の重責を、若い機関士たちはいかに使命感に駆られ果たしたか。機関士OBの貴重な証言に基づくノンフィクション。

筑摩選書 0076

民主主義のつくり方

宇野重規

民主主義への不信が募る現代日本。より身近で使い勝手のよいものへと転換するには何が必要なのか。〈プラグマティズム〉型民主主義に可能性を見出す希望の書！

筑摩選書 0083

〈生きた化石〉生命40億年史

R・フォーティ
矢野真千子 訳

五度の大量絶滅危機を乗り越え、何億年という時を生き延びた「生きた化石」の驚異の進化・生存とは。絶滅と存続の命運を分けたカギに迫る生命40億年の物語。

筑摩選書 0084

死と復活
「狂気の母」の図像から読むキリスト教

池上英洋

「狂気の母」という凄惨な図像に読み取れる死と再生の思想。それがなぜ育まれ、絵画、史料、聖書でどのように描かれたか、キリスト教文化の深層に迫る。

筑摩選書 0102

ノイマン・ゲーデル・チューリング

高橋昌一郎

20世紀最高の知性と呼ばれた天才たち。同時代を生きた三人はいかに関わり、何を成し遂げ、今日の世界に何を遺したか。彼ら自身の言葉からその思想の本質に迫る。

筑摩選書 0104

映画とは何か
フランス映画思想史

三浦哲哉

映画を見て感動するわれわれのまなざしとは何なのか。本書はフランス映画における〈自動性の美学〉にその答えを求める。映画の力を再発見させる画期的思想史。

筑摩選書 0107

日本語の科学が世界を変える

松尾義之

日本の科学・技術が卓抜した成果を上げている背景には「日本語での科学的思考」が寄与している。科学史の側面と数多の科学者の証言を手がかりに、この命題に迫る。

筑摩選書
0119
民を殺す国・日本
足尾鉱毒事件からフクシマへ
大庭健

フクシマも足尾鉱毒事件も、この国の「構造的な無責任体制＝国家教によってもたらされた——。その乗り越えには何が必要なのか。倫理学者による迫真の書！

筑摩選書
0120
生きづらさからの脱却
アドラーに学ぶ
岸見一郎

われわれがこの社会で「生きづらい」と感じる時、何がそうさせているのか。いま注目を集めるアドラー心理学の知見から幸福への道を探る、待望の書き下ろし！

筑摩選書
0123
フロイト入門
中山元

無意識という概念と精神分析という方法を発見して「わたし」を新たな問いに変えたフロイトは、巨大な思想的革命をもたらした。その生成と展開を解き明かす。

筑摩選書
0124
メソポタミアとインダスのあいだ
知られざる海洋の古代文明
後藤健

メソポタミアとインダス両文明は農耕で栄えた。だが両文明誕生の陰には、知られざる海洋文明の存在があった。物流と技術力で繁栄した「交易文明」の正体に迫る。

筑摩選書
0130
これからのマルクス経済学入門
松尾匡
橋本貴彦

マルクスは資本主義経済をどう捉えていたのか？　マルクス経済学の基礎的概念を検討し、「投下労働価値」がその可能性の中心にあることを明確にした画期的な書！

筑摩選書 0169

フーコーの言説
〈自分自身〉であり続けないために

慎改康之

知・権力・自己との関係の三つを軸に多彩な研究を行ったフーコー。その言説群はいかなる一貫性を持つのか。精確な読解によって明るみに出される思考の全貌。

筑摩選書 0170

美と破壊の女優　京マチ子

北村匡平

日本映画の黄金期に国民的な人気を集めた京マチ子。強烈な肉体で旧弊な道徳を破壊したかと思えば古典的で淑やかな女性を演じてみせた。魅力の全てを語り尽くす!

筑摩選書 0172

内村鑑三
その聖書読解と危機の時代

関根清三

戦争と震災。この二つの危機に対し、内村鑑三はどのように立ち向かったのか。聖書学の視点から、その聖書読解と現実との関わり、現代的射程を問う、碩学畢生の書。

筑摩選書 0176

ベストセラー全史【現代篇】

澤村修治

1945年から2019年までのベストセラー本をすべて紹介。小説・エッセイから実用書・人文書まで、著者と作品内容、出版事情などを紹介する壮大な日本文化史。

筑摩選書 0177

ベストセラー全史【近代篇】

澤村修治

明治・大正・昭和戦前期のベストセラー本を全て紹介。近代の出版流通と大衆社会の成立、円本ブーム、戦争と出版統制など諸事情を余さず描く壮大な日本文化史。